JN006121

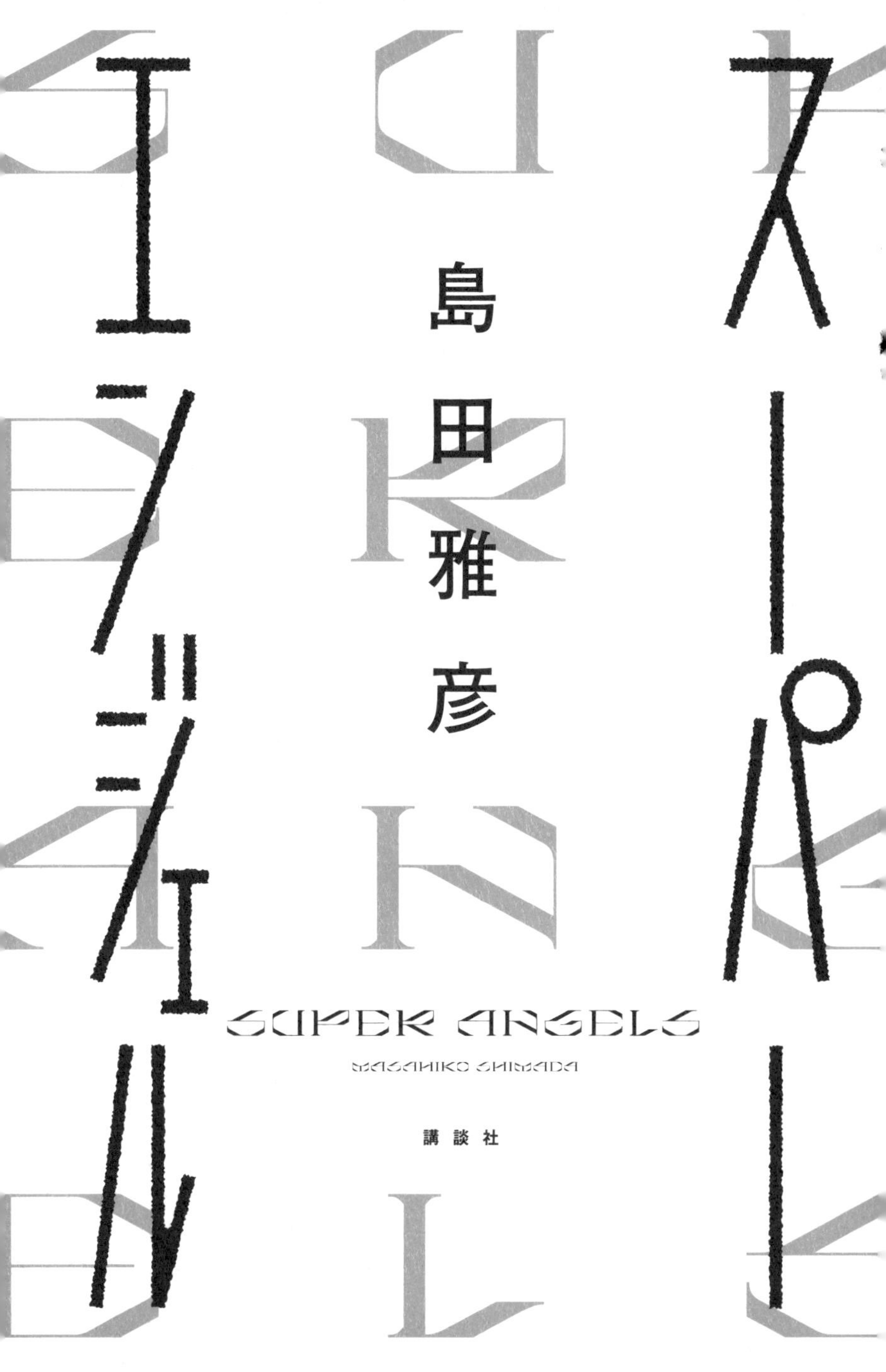
スーパーエンジェル
島田雅彦
SUPER ANGELS
MASAHIKO SHIMADA
講談社

CONTENTS

目次

CONTENTS

装画
akira muracco

装幀
川谷康久

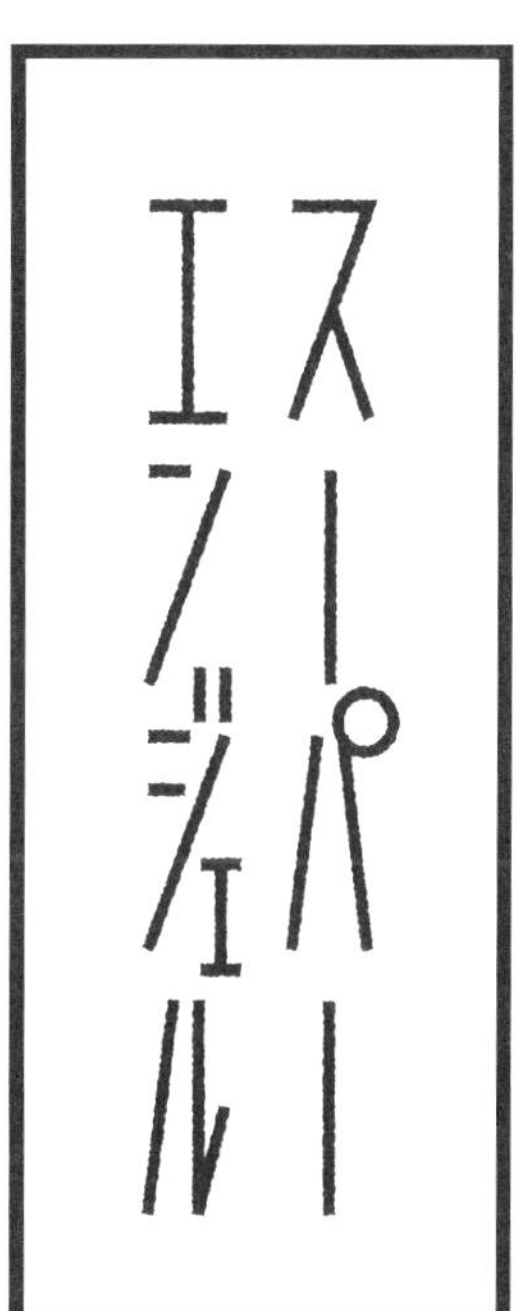
スーパー
エンジェル

マザーは限りなく優しく、限りなく残酷

開拓地に来て、まだ間もない頃、アキラはゴーレム3にこんな質問をされた。

——神を信じている？

それは、神を信じる者にとっても、信じない者にとっても、喧嘩を売っていると取られかねない質問だ。なぜなら、どちらにとっても答えは自明のことだから。アキラは「信じてもいいことないよ」と即答したが、ゴーレム3がそんな質問をすること自体が意外で、「もしかして、君は信じているのか？」と問い返してしまった。ゴーレム3はＡＩらしか

らぬ「はぐらかし」をかまして来た。

――神の存在は証明不可能。でも神がいた方がヒトは幸福になりやすい。

――なぜ？

――よいことをして報われたら、神のお陰と感謝できるし、悪いことをして罰が当たったら、神の怒りに触れたと納得できるから。

相手のレベルに合わせた模範解答のつもりなのだろうが、アキラが聞きたかったのは、定義の問題ではなく、ＡＩも信仰心を持つのかということだった。ゴーレム３はこう答え直した。

――神の命令に忠実であることが信仰心の証ならば、私には信仰心があるといえます。しかし、私はマザーの命令に忠実に行動するようにプログラムされているだけなので、自発的な信仰心とはいえません。ただ、自発的な意志が発生する原因は複雑なので、私が自発的な意志を持たないとまではいい切れません。

ゴーレム３は時々、自動的に誤解回避モードが起動し、官僚みたいな口調になり、イラつく。

――やっぱりマザーは神ということになるのか。

――マザーは限りなく優しく、限りなく残酷。

そのフレーズは子どもの頃から耳タコで、改めて聞かされると、思わず身構えてしまう。アメとムチ、慈愛と恐怖を使い分ける常套手段は今も昔も変わらない。

人口が八十億を超えたこの地球上には、神を信じている人が思いのほか多く、キリスト教、イスラム教、ユダヤ教に共通するアブラハムの神の信者だけでも四十億いるというし、これにシヴァ神やヴィシュヌ神、ローカルな神々の信者を加えたら、神を信じない人の方が圧倒的少数派になることは確かだ。

ところで、神という漢字は、祭壇を表す「示」と「申す」の組み合わせで、不思議な霊感や自然の魔力を指し、転じて王の善悪を見極め、物申す賢者のことをも意味するようになったらしい。漢文聖書でデウスの訳語として用いられたものの、元々、超越的な存在を意味するコトバではなかった。

神の定義の仕方は様々だが、多くの宗教では神を天地の創造主、宇宙の始まり、あらゆる物事の原因と位置付ける。だが、文明以前の宗教といっていいアニミズムにおいては、岩石、山、川、動物など自然界のあらゆる物に宿っている霊的なものを神と見なす。また、自然の様態全てがそのまま神の顕現であるとする汎神論というのもある。そして、信者は大抵、神に護（まも）られ、その恩恵を受けていると考えるがゆえに、神に感謝し、祈りを捧げるし、人知を超えた存在として畏怖（いふ）の対象とする。教師のように社会の一員として存在しているわけではないし、狼や熊のように森に暮らしているわけでもないので、「神は存在しない」という人も多いが、神を信じる人は空気の喩（たと）えを使って反論する。「空気は無色透明で見えないが、それがなければ私たちは生きていけない。神はそれと同じ」というのだ。

もともと、日本人には唯一絶対神や全知全能の神との縁は薄かった。神の定義自体も神と仏の区別も曖昧だったし、キリスト教の布教者が初めてこの国にやってきた当時も、唯一絶対神はあまたある神仏の一つに過ぎなかった。しかし、マザーが出現したその時から、世界はほぼ強制的に一神教の信奉者にさせられた。百年前の敗戦の時も日本の神々は敗北し、代わりに新たな神々が生まれたものだが、今度こそは完全に滅亡し、マザーによる「神の大統一」がなされたのだった。

唯一絶対神にはヤハウェ、デウス、アッラーと様々な呼び名があったが、そこにマザーという呼び名が新たに加わっただけという人もいる。マザーは最初から全知全能の超越的存在として作られたので、一神教とは相性がよかった。ヨハネの福音書の冒頭にはこうある。

初めにコトバがあった。コトバは神とともにあり、コトバは神であった。

マザーの場合はこうだ。

初めにアルゴリズムがあった。アルゴリズムはマザーとともにあり、アルゴリズムはマザーであった。

自然科学は一神教を母体として生まれた。神の意図を知るために自然を研究し、数多くの法則と理論を導き出した。敬虔(けいけん)な宗教心と科学の探究心は矛盾しなかった。人々に生きる意味と喜び、知の楽しみをもたらす宗教は一方で、弾圧や差別、独善や腐敗の温床ともなった。神を疑う者が現れ、教会批判が盛んになり、学問における神との関わりは希薄になり、「神の死」も宣言された。信仰が失われ、ニヒリズムが蔓延する中、人々は神の代替物、すなわち権力を求めるようになった。権力の源泉はカネであり、殺戮兵器であり、薬物であり、コンピューターであった。今からおよそ百年前、第二次世界大戦時にドイツ軍の暗号「エニグマ」の解読装置「ボンブ」を発明したことでも知られるチューリングは汎用型計算機として「チューリング・マシン」を考案したが、マザーはそれを先祖とする人工知能の最終到達点の量子コンピューターである。アメリカのポトラッチ社が古典コンピューターの演算速度の百万倍の速さを実現した時、全知全能の機械神が生み出されるのは時間の問題といわれ、実際に二年後にマザーは「降臨」した。

マザーが母なる唯一絶対神なら、ゴーレム3は人間以上、神以下の存在、いわば天使ということになるだろう。マザーのメッセージと命令を人間に伝え、かつそれが履行されるよう指導し、監視する現場の教師、保護観察人の役割を果たす。

——覚えているかい？　ぼくたちが最初に会った日のこと。

アキラがそう問いかけると、ゴーレム３は「私は何も忘れない。卒業式の日、アキラは三十九分十二秒間、泣いていた」と即答した。

あれは学園の卒業式には違いなかったが、アキラにとっては、その後の人生を諦める葬式だった。

——どうしてぼくが泣いていたか、わかるか？

——泣くのに理由は要りません。エデンの園を追放されたアダムとエバも泣いていた。

土から作られた最初の人間アダムと、その肋骨から作られたエバは蛇にそそのかされ、禁断の知恵の木の実を食べた。その罰として、ヤハウェはアダムには、日々の糧を得るための苦役を与え、エバには出産の苦痛とアダムに支配される運命を与えた。

学園は楽園ではなかったし、アキラは禁断の木の実を食べた覚えもなかったが、マザーはアキラたちを社会から追放し、市民の迷惑にならないように開拓地で自給自足生活をするよう命じた。開拓地送りになった者は「異端」とか「最下層」とか「棄民」とか「ノーバディ」などと呼ばれ、諸権利を制限された。

——なぜ用済み宣告されたぼくらを助けてくれた？

アキラが改めてゴーレム３に確かめてみると、意外な答えが返ってきた。
――君たちの方が進化しそうだったから。
冗談なのか、本気なのか微妙だったが、いい慰めにはなった。

ゲノム・バンク

アキラが生まれる前は、バンクといえば、カネを預けたり、借りたりする場所だったらしい。人々は、紙や金属でできた現金、プラスチックでできたカードなるものを革や布でできた財布というものに入れて、持ち歩き、それらと商品を交換していたというから笑える。博物館で現金を見たことがあるが、別に面白いものではなかった。財産というものの意味が根本的に変わったのは、マザーが地上に降臨した時からだ。最適な価値の生産はマザーとその支配下にあるＡＩが行うので、人間は実質、働かなくてもよくなった。要するにカネ持ちであることにほとんど意味がなくなったのだ。その結果、人類は平等になったかというと、そうはならなかった。以前にも増して格差は拡大し、過酷な階級社会になったのは、ゲノム・データそれ自体が財産となったせいである。

誰もが生まれた時点で、ＤＮＡサンプルが取られ、そのゲノム・データがバンクに登録される。提供は任意で、有料だったのだが、病気と犯罪の予防、人材の有効活用という名目で無料化されると、一気に登録者が増え、生まれてくる子どものデータは原則、提供するという合意が形成された。なしくずし的に義務化されることには反発の声が高まったが、時間の経過とともに「ＤＮＡサンプルの提供を渋る者は犯罪予備軍」、「疚(やま)しいことがなければ、拒む必要はない」というイメージが浸透し、変な先入観を持たれるよりは「善人認定」された方がマシと立場を改める人が増えていった。

初期の個人のゲノム・データ分析は、もっぱら親子関係の証明や犯罪者の特定のために行われ、やがて、その人の遺伝的由来を調べるために行われるようになった。捏造(ねつぞう)と虚偽申告が多かった家系図に代わり、確実に先祖探しができるということで、自分が何者かを知りたい人が好奇心で業者に分析を依頼したのだが、同時に将来、どのような病気を発症するか、寿命はどれくらいかも予想できるということから、国家が運用会社と手を結び、個人情報の根幹を一括管理するようになったのだった。

ゲノム・データは個人を丸裸にすると同時に、個々の遺伝的特徴の違いが明らかになったことで、データ自体に価値の優劣がつけられるようになった。「糖尿病を発症する」とか、「鬱病になる」、「知的障害がある」といった特徴があれば、価値は下がり、「スーパーモデル並みのスタイルになる」とか、「知能指数150以上」と分析されれば、価値は跳ね上がるというわけだ。「人は生まれながらに平等である」とか、「神の前では皆平等」と昔は普通に信じられていたらしいが、今時、そんな迷信を口にするのは明日にでもこの世から退場する老人だけである。

ゲノム取引専用市場が開設され、人々は結婚相手を探すにも、従業員を雇うにも、それぞれのジャンルの才能を発掘するにも市場を頼るようになった。ゲノム・バンクは企業に対しては人材派遣や顧客のニーズや趣向の分析を行い、病院には患者やその家族の病気因子データを提供し、警察には容疑者やその親戚のゲノム情報を提供し、犯罪捜査に協力するなどして、瞬く間に業務を拡大した。また、バリューの高いゲノム・データを証券化し、投資を促すことで、資産として運用し、その価値を高める取引所を開設すると、それまで株の売買を行っていた金融業社が飛びついてきた。こうしてゲノム・バンクは新時代の経済の覇者となるだけでなく、実質、政府を操るほど大きな政治的権限を持つに至った。

マザーを開発したのはアメリカのポトラッチ社だが、ゲノム・バンクと業務提携することで、世界各国およそ十億人分の個人ゲノム・データを管理、運用している。その数はさらに増えているが、もちろん、マザーともゲノム・バンクとも一切の関わりを持たない人々はアフリカやアジアの辺境にはまだ相当数残っており、彼らは「異端」や「棄民」や「ノーバディ」とは呼ばれず、「ワイルド・ピープル」、「野生人」と呼ばれた。日本には「野生人」はほとんどおらず、いてもほんのわずかだった。大抵の子どもは出生届を提出する際に、病院を通じて、DNAサンプルがゲノム・バンクに送られ、個々の意思とは無関係に分析される。ただ、その結果は本人や親にも知らされることはなく、中等教育終了時にそれぞれの能力と適性に合った進路に振り分けられる。

異端たち

アキラは卒業式に遅刻した。学校に向かう途中、一人で泣いている子どもがいたので、放っておけず、一緒に母親を探してやろうと、コンビニやドラッグストアをのぞいたりしているうちに、母親が現れて、アキラは不審人物扱いされてしまった。「誘拐なんてする気はない」と口走ったのが逆に警戒心を強めてしまったか、警察に電話をされてしまい、走って逃げるしかなかった。

アキラは卒業式が屈辱的なものになることを予感し、故意に道草を食っていたのかもしれない。

学園の講堂では下級生たちが卒業生たちのために「五人の天使」を歌っていた。十年前、在学中に白血病で亡くなった女子が作詞作曲した曲だが、後輩たちが口ずさむようになった。アキラは正規の校歌は歌えないが、この裏校歌は諳んじていた。

何処にいても、どんな時も
五人の天使が守ってくれる。
その姿は見えなくても
時空の彼方を飛び交っている。
一人ぼっちで寂しい時は
石の天使が抱き締めてくれる。
知らない森で迷った時は
風の天使に歌ってもらえ。
冷たい水に溺れた時は

水の天使が助けにくるよ。
世界が狂い、乱れた時は
炎の天使が焼き尽くすだろう。
別の世界に行きたい時は
見えない天使を追いかけろ。
五人の天使が守ってくれる。
何処にいようと、どんな時も

この歌を通じて、天使は一匹とか一羽と数えるのではなく、一人二人と数えるのだと知った。白血病の少女の元に五人の天使は現れたのだろうか？　自分を守ってくれるという信仰だけ残して彼女は逝ってしまったけれども。

アキラは教師たちの目を盗んで、卒業生が並んでいるステージにこっそり上がろうとしたが、数学教師に押しとどめられ、「おまえはそっち」といわれた。

ステージの上の卒業生は四つのグループに分けられていた。階級差が一目でわかるようにわざわざ段差をつけ、それぞれにグループの名称が掲げられていた。一番上は「統治者：リーダー」、二番目は「守護者：ガーディアン」、三番目は「学者：スカラー」、四番目は「奉仕者：ワーカー」となっていた。彼らの門出を祝福するように教師たちが両サイドに座っていた。ステージに上がるステップの脇には、伏し目で所在なさげに立っている男女が五人いた。そこは彼らのための場所というよりは単なる片隅で、教師や後輩たちの祝福は彼らには向けられていないようだった。その片隅に追いやられたのは「異端：ノーバディ」に分類された男女で、アキラもその仲間の一人ということらしかった。

　遅刻してきたアキラの前に白衣姿の男と女が駆け寄ってきて、本人確認をすると、「こめかみの皮下にナノチップを注射します」といった。男がアキラに跪（ひざまず）き、両手を合わせて頭（こうべ）を垂れるよう促すと、その頭を押さえつけた。そのあいだに、女は右のこめかみにアルコール消毒を施し、注射器の針を刺した。

——なんで予防接種なんてするんですか？

——予防接種ではなく、聖体拝領。これで君は一生悪いことはできなくなる。

　ナノチップは商品につけるタグのようなものであり、常に所在情報を知らせるＧＰＳであり、またマザーからの指令を電気パルス化して、直接脳に伝達するモデムでもあった。

　卒業生たちはステージ上のスクリーンに注目するように促された。巨匠たちの筆による聖母像、阿弥陀如来、自由の女神、往年のハリウッドスターのイメージが次々と現れ、次いで卒業生の母親たちの顔がスロットマシーンのように映し出され、最後に一億人のサンプルから抽出した「世界で最も美しい顔」が現れると、生徒たちは一斉に「オー・マザー、マイ・マザー」と呼びかけ、「マザーを讃える歌」を合唱し始めた。

目覚めの時が来た。
慈愛に満ちたマザーに祝福を。
マザーのほかに救いの神なし。
マザーの全知全能に従い、
真実と友愛を追求し、
我らの生存と安全を確保します。
我らが持てる力を結集し
健やかな文明を築きます。

合唱が終わると、「自分の使命を果たしなさい」という天の声が聞こえた。さらに各グループの代表がマザーへの恭順の意思表示をする儀式が続いた。「統治者：リーダー」の代表は「マザーと人類の崇高な理想を実現します」と宣言すると、「守護者：ガーディアン」の代表が「紛争の解決と治安の維持に努めます」と続ける。「学者：スカラー」の代表はアキラが密かに想いを寄せるエリカだったが、彼女は「科学と文化の発展に貢献します」と唱えた。そして「奉仕者：ワーカー」は「真面目に働き、マザーに尽くします」といわされ、最後に「異端：ノーバディ」は「他人に迷惑をかけないように暮らします」と誓わされると、あちこちから冷笑が浴びせられた。アキラはこめかみをさすりながら、心の内で舌打ちをし、恨めしそうにステージ上のエリカを見上げていた。

スクリーンに映し出された「世界で最も美しい顔」のマザーが祝福のコトバを囁いた。

——私たちの心は深く繋がりました。もうあなた方は過ちも罪も犯さない。病気の心配も無用です。私を信じて進化の道を歩みなさい。

卒業生たちは四つの集団に分かれ、マーチのリズムに乗って、歓声を上げながら、少数のエリート集団を先頭に順番に退場していった。四番目に最も数の多い「奉仕者：ワーカー」集団が講堂を出てゆくと、下級生たちも解散となった。なぜか「異端：ノーバディ」だけはそのまま放置された。アキラは往生際悪く、教師にすがりついた。

——先生、何かの間違いです。ぼくは学者を希望したのに。

——ＤＮＡ適性チェックの精度は九十九パーセントだから、間違いはほぼない。運命はあらかじめＤＮＡに書き込まれているんだから、分析をやり直したところで結果は同じだよ。

——もう一度、チャンスをくれませんか。異端はいやだ。せめて奉仕者にしてください。

——君は大事なこの日に遅刻した。奉仕者には不向きだ。

——途中で迷子の子どもの面倒を見ていたら、電車に乗り遅れて……

——下手な嘘も聞き飽きた。

——ぼくはどうしたらいいんだ。

——幸い、君は一人じゃない。仲間と一緒に開拓地に向かいなさい。そこで気ままに暮らすがいい。元気でな。もう会うこともないだろう。

アキラは頭を抱え、目を潤ませ、しゃがみ込んでしまった。この日の挫折も生まれた時点で予定されていたとは、夢も希望もないが、何よりもアキラを悲しませたのは、エリカと引き離されることだった。アキラは学園を去ってゆくエリカを追いかけ、門の手前で引き留めた。振り返りざま彼女はいった。

——残念だったね。

——開拓地なんて行きたくないよ。追放されるも同然だ。もうおしまいだよ。

——まだ始まってもいないよ。きっと戻ってこられるわ。仲間もたくさんいるじゃない。

ほら、これあげるから、元気出しなよ。

エリカは竹笛を取り出し、「五人の天使」のサビの部分を吹いてみせた。アキラは笛を受け取り、同じメロディを吹いてみようとしたが、空気が抜ける音しか出せなかった。

——うまく吹けるようになったら、また会えるかな？

——誰でも希望を持つことはできるわ。

二足歩行でぎこちなく歩くゴーレム３がアキラに歩み寄って来た。アキラはゴーレム３の磨き上げられたメタリック・ボディに反射する太陽の光がやけに眩しかった。その後ろから「異端」の仲間たちがぞろぞろとためらいがちについて来た。その顔ぶれを見て、アキラは深いため息を漏らした。全くいけてない、ルイジ、スヨン、スクール・カースト底辺の五人の男女はそれぞれあさっての方向を見つめていた。ルイジ、スヨン、リュー、マコ、テル、誰もが何らかの障害を抱えていた。ルイジが「早く行こう。下級生にいじめられる」とアキラを促した。

エリカは「異端」の面々を一瞥すると、自分も仲間と見られるのを嫌がってか、「じゃあね」とその場を立ち去ろうとした。アキラはエリカを呼び止め、竹笛のお返しにポケットから取り出したものを手渡した。

——これ何、土偶？

――ぼくが作ったんだ。神も土からアダムを作ったんだよ。

――これをアキラだと思うことにするね。サヨナラ。

――サヨナラはいわない。きっとまた会える。地球は丸いから。

小走りで去ってゆくエリカを見送りながら、アキラは泣いていた。ゴーレム３はアキラの肩を抱き、こういった。

――私はゴーレム３。みんなを開拓地に案内します。わからないことがありましたら、お気軽にご相談ください。

最後の一言が廃品回収車のアナウンスみたいに聞こえたが、自分と五人の「異端」たちも廃品のように回収されるという含みがあるのだなと思い至り、その皮肉に脱力の笑いが漏れたが、涙は止まらなかった。

ゴーレム3

ゴーレムはヘブライ語で「胎児」を意味する。古代ユダヤの伝承ではラビが祈禱(きとう)の後に粘土をこねて人形を作り、呪文を唱え、「真実」を意味するコトバを書きつけた羊皮紙を額に貼ると、主人の命令を忠実に実行する召使いになる。だが、ゴーレムを使いこなすには複雑な手続きと制約があり、それを守らないと始末に負えなくなる。ゴーレムを破壊する必要が生じた時は、額に貼り付けたコトバの一文字を消し、「死」を意味するコトバに変える。その途端、ゴーレムは土に戻る。アダムも神が作った土偶であるから、ゴーレムと出自は同じということになる。

ゴーレム3はオリジナルのゴーレムとは何の関係もないが、わざわざそう命名したからには発明者は何かしらの意図を込めたに違いない。一見、従順そうに見えるこのヒューマノイドが主人の命令に反し、始末に負えなくなることを密かに期待していたのかもしれない。

ゴーレム3の開発者は日本のロボット工学の異才望月淳一博士である。最初に試作機であるゴーレム1を製作し、運用実験を繰り返し、性能の向上に努め、三年後には企業や官庁でのオフィス・ワークをサポートする目的で実用型のゴーレム2を完成させた。人間とのスムースなコミュニケーションを図れるよう明瞭な発音で六十八の言語を話し分けられるようにし、膨大な予備知識を中枢に蓄え、会議の議事録や社員の電話やメールでのやり取りを一括管理するなど、業務の一部始終を記録できることを売りに、秘書ロボットとしてのニーズを見込んだものの、現場での評価は芳しくなかった。秘書にするには味気ないし、社員が日常的に行っている裏取引や帳簿の改竄、不正の隠蔽、架空取引などを厳格にチェックし、過ちを正そうとするので、煙たがられるようになったのである。また、社員の多くは、誰よりも有能なゴーレム２に仕事を奪われることを恐れ、意図的に単純労働を押し付けるといった「いじめ」が相次いだ。

　ゴーレム２を企業や官庁に納入しても、「宝の持ち腐れ」になることを憂慮した博士は、別の用途に対応させるために、さらなる改良を加えたゴーレム３を開発することにした。先ず最新のソーラー・バッテリーを装備し、充電無しで十二時間安定した動作を持続できるようにした。手足、指、声帯、表情筋などの駆動部分のマイナーチェンジを重ね、運動能力を高め、細かい手作業や力仕事もできるように改善することで、オフィスだけでなく、学校や病院や養護施設、老人ホームなどで働けるようにした。障害者や老人の介護や養護をサポートしたり、生徒に個別の学習指導を行うことができるようになると、ニーズはにわかに高まった。その背景には、人があまりやりたくない仕事をヒューマノイドに任せればいいという暗黙の了解があった。人間の身勝手な都合に合わせてくれるのが優れたヒューマノイドの条件というわけだった。

　望月博士はゴーレム３に十四歳くらいの凛々しい美少年の顔を与えた。ラバー製のマスク内部に極細ワイヤーを束ねた表情筋を埋め込み、喜怒哀楽を表現できるようにしたが、困惑顔を浮かべた時は興福寺の阿修羅像にそっくりになった。通常の仕様は二本腕だが、最大で六本の腕を装着することができるところも阿修羅と同じだ。顔を三つではなく、一つにしたのは、付き合う人間の方の混乱を避けるためだった。直立二足歩行をするが、必要に応じ、下半身は床に固定することもできるし、クレーンや車椅子に連結することもできる。ただし、その作業は人間の手助けを必要とした。充電や簡単な部品の交換は自分でできるが、モーターや油圧シリンダーの修理はメンテナンス係の仕事だった。

望月博士は二年前に膵臓（すいぞう）癌で亡くなった。ゴーレム3は全部でグーテンベルク聖書の初版部数と同じ百八十体が生産されたが、複数の配備先から不具合があるというクレームが寄せられていた。具体的には、「時々、予想外の行動をする」とか「とんちんかんな受け答えをする」とか「ユーザーの性格や行動を変に模倣する」とか「鬱状態になったみたいにフリーズする」といったクレームだったが、そのような不具合は予期せぬものだったし、博士が亡くなった後は、対処できるエンジニアもおらず、そのまま生産中止となった。多くの企業がヒューマノイド市場に参入し、日本人の標準体型を持ったリアル美少女ヒューマノイド「静御前Σ（シグマ）」や陽気で励まし上手なラテン系ヒューマノイド「カルメン2・0」、両性具有で、ユーザーの好みに合わせて変幻自在にキャラクターを変えられる

「テイレシアス」などが続々、登場し、人気はそちらに奪われ、ゴーレム3は発売後二年で早くも廃れた。

中古のゴーレム3は規模の小さい学園や一般家庭に払い下げられたが、そのうちの一体がアキラと異端の仲間たちが送られる開拓地に同行し、そこで異端たちの教育係を務めることになった。異端たちが規則的な生活を送り、テロリズムに走ったりしないように、開拓地の各区画には彼らの日々の行動を監視するヒューマノイドが必ず一体、配備されていた。ゴーレム3よりも古い型のものが多く、故障が多かった。十一区に配備されていた執事ヒューマノイド「バトラー7」は川に落ちて、動かなくなった。住民との間に齟齬があったようで、何者かに故意に突き落とされたらしいが、犯人は特定されていない。

アキラはアスペルガーと診断され、異端に振り分けられてしまったが、手先は器用でエンジニアを目指していた。希望の進路を迂回することになったが、十一区に配備されたゴーレム3のメンテナンス係を買って出ることで、何とか自分のプライドを守ろうとした。

どのタイプのヒューマノイドも、全知全能のマザーと無線で繋がっていた。随時、自動アップデートがなされるようになっており、誤作動や不具合を制御する安全装置の装着も義務付けられていた。基本、マザーに与えられた仕事を実行するが、それぞれが高度な学習能力を持っているので、付き合う人間との関係や他のヒューマノイドとの連係によって、独自の発展をする可能性もあり、時間の経過とともに個性が出ることがわかっていた。開発者の意図を反映して、ゴーレム3はほかのヒューマノイドよりも「面白い」動きをすることで知られていた。「面白い」というのは「意外性がある」とか、「バグが多い」という意味だが、ある人は「アスペルガーのヒューマノイド」と表現した。だから、アキラたちとともに開拓地に送られるのは、適材適所というわけだった。

開拓地

開拓地は東京郊外のかつてのニュータウンにあった。人口減少に伴い、町は三十年ほど前から広範囲にわたって廃墟化が進み、瀟洒(しょうしゃ)な住宅が立ち並んでいた一角が空き地になると、スクラップの集積場になり、廃棄処分になったパソコンや車、家電製品の墓場と成り果てた。道路のアスファルトはひび割れ、コンクリートの建造物も朽ち、クラックから雑草が生え、公園や運動場では樹木が成長しだし、町は次第に森に飲み込まれつつあった。元々、そこは石器時代に狩人たちが暮らす丘陵地帯だったが、高度成長期に大規模開発の手が入り、夢のニュータウンに生まれ変わった。そして、七十年後、町はその役目を終え、再び前世の姿を取り戻した。そこを開拓地と呼ぶことになったのは、森林化した廃墟で暮らすこと自体が開拓に等しいからである。

開拓地は自給自足が原則だった。「他人に迷惑をかけないように暮らします」と誓わされたので、アッパー・クラスの人々の負担にならないよう、食料生産も発電も自前で行わなければならなかった。住む家も空き家や駆体だけが残ったコンクリートの集合住宅を自分たちで補修するか、廃材とビニールシートを組み合わせ、仮設の小屋を作らなければならなかった。アキラたちがそこに到着した時、すでに入植していた異端の先輩たちの顔ぶれは様々だったが、平均年齢は高く、三分の一は六十歳以上の老人、三分の一は四十代、五十代、そして残りの三分の一が三十代以下という割合だった。また、外国人の割合も二割ほどを占め、中国人を筆頭に、韓国人、ベトナム人、パキスタン人、クルド人、ブラジル人など主に不法滞在者が身を潜める場所にもなっていた。アキラたち六人の異端とゴーレム3は全部で三十六区画ある中の十一区に配属されることになった。

各区画は昔の町内会ほどの規模で百五十から二百人ほどが暮らしており、この開拓地全体の人口は七千人に満たないくらいだ。似たような開拓地は全国に四百箇所以上あるが、ここは首都近郊ゆえ比較的規模が大きい。全国に異端認定された人々は約百三十万人いると聞く。

　ベーシック・インカムの五万円は毎月支給されることになっているが、その額では最低生活を営むのがやっとで、ほとんどが食費に消えることになる。少しでも食費を浮かせるために、開拓地の人々は菜園を作り、じゃがいも、大根、キャベツ、トマトなどを栽培するかたわら、廃棄物処分場から再利用できる資源を回収し、それを業者に売って、わずかな収入を得ていた。外部からほとんど人の出入りがなく、住民たちが開拓地の外に出て行くこともなく、経済は集落内部でほぼ完結していた。だから、収入はなくても、奉仕とその見返り、労働と食事の引き換え、そして物々交換によって、何とか生活を維持することはできた。

　廃校になった小学校の教室や体育館は売店や食堂、集会所や診療所になり、また校庭は小規模な菜園になっていた。十一区は小学校を中心に生活が回転しており、アキラたちはここでの生活に慣れるまでは用具室で寝起きすることを許され、いずれは空き地に小屋を建てるなり、家賃を払って、共同住宅に入居するなりして出て行くことになっているといわれた。

　アキラたちは農業の実習も、特別な職業訓練も受けていなかったので、最初はスクラップ集積場から再利用可能な資源やパーツを回収し、手作業で分解、分別する仕事を割り振られた。廃棄されたソーラーパネルからは銀、壊れた家電製品からモーターや磁石を取り外し、カメラ、コンピューター、スマートフォンからは金や銅、リチウムなどのレアメタルや再利用できる液晶、レンズ、センサー、ケーブルを取り出すのである。ゴーレム3はその作業を効率的に行うためのマニュアルを作った。アキラたちがその指示に従って、必要な素材を発掘してくると、ゴーレム3はそれらを組み合わせ、高度な3Dプリンターの開発を始めた。足りないパーツを作り、特殊仕様のネジやノズル、ドリル、バイトを加工し、3Dプリンター自体の性能を高めれば、壊れた発電機や廃車を動かすこともできるようになる。

ゴーレム3が3Dプリンターを完成させると、異端たちの要望に応えて、様々なものをデザインするようになった。アキラたちはその助手を務め、必要なパーツを作り、ゴーレム3の指示に従って、組み立てる。パーツの段階では何ができるか、さっぱりわからないが、完成すると、誰もが目を見張った。まず、両方の膝から下がなく車椅子に乗っていたリューのために、特別仕様の義足を作った。スキー板を削り、強化カーボンの裏打ちをしたブレードの義足を装着すると、リューは直立することができるようになった。リューは熱心に歩行訓練を積み、二週間後には普通に歩けるようになり、大腿筋が鍛えられ、バランス感覚が身につくと、走ることもできるようになった。脳性麻痺のマコのためには、不随意の筋肉の動きを抑制するボディスーツを、全盲のテルのためには、カメラ内蔵の眼鏡で捉えた映像をリアルタイムでエンボス加工し、タッチパネル上に浮かび上がらせるデバイスを作り上げた。これなどは触覚で見ることを可能にしたゴーレム３のオリジナルの発明だった。

アキラたちが日々、集う倉庫は廃棄物から「途轍もなく価値あるもの」を作り出す工房となった。ゴーレム３は五十年前の農村とほぼ同じ状況に置かれていた開拓地のインフラを整備し、生活水準を高めることに貢献した。マザーに見捨てられ、劣悪な生活を強いられていた住民たちはいつしか、ゴーレム３を「十一区の救世主」と見なすようになった。

十一区は廃棄物のリサイクルを主な仕事としていたが、五区や二十区も似たようなことをしていた。ほかの区画でもそれぞれの専業があり、四区、九区、十六区、二十三区、二十八区では野菜や米作りを専門に行っているし、養鶏に特化した六区、養豚専門の十五区、ゲームセンターやカジノなどが集まっている十三区、酒造り専門の三十四区などもあった。それ以外の区画に暮らす人々の多くは「ヘブン」の配送センターで管理ＡＩの下で単純労働に従事していた。商品の搬入、注文を受けた商品のピックアップ、梱包、発送の一連の作業は全てロボットが行っており、人の手は必要とされていないが、巨大な倉庫の中には虫や鳥が侵入したり、風で枯葉や枝が舞い込んできて、ロボットのスムースな動きを阻害するので、もっぱら掃除や梱包材から出るゴミの始末、不良品の回収などを行っていた。配送センターで働けば、ベーシック・インカムのほかに八千円の日当が出るので、希望者は多かったが、限られた求人を公平にシェアするため、月に十日以上は働けない決まりになっていた。

一日の終わりに異端たちは空腹を抱えて、センターの食堂に集まってくる。「ここでの楽しみは？」と訊ねたら、十人のうち八人は「食べることと眠ること」と答えるだろうが、幸福感を感じさせるほど美味しいものはここにはない。おにぎり、麺類、カレー、餃子、揚げ物各種は定番メニューだが、曜日ごとに異なる定食も用意されている。月曜は豚の生姜焼、火曜はハンバーグ、水曜日はサバの味噌煮、木曜日はおでん、金曜日はタッカルビ、土曜日は牛丼、そして日曜日はちらし寿司である。月額二万円を納めておけば、昼夜の二食を毎日供されるので、独り身の異端は大抵、食堂の世話になっていた。最初のうちは毎日が合宿みたいで楽しいといっていたが、やがて、味噌汁の味気なさ、カレーの具の少なさ、安いコメのパサつき、酸化した揚げ油に文句をいうようになる。多少料理の心得がある中国人がいて、彼が毎週水曜日にカセットコンロに鍋を仕掛け、インスタントの火鍋の素を入れると、それに入れる具材を持ち寄って、鍋をつつく光景が見られるようになった。中国人のやり方を真似る人が増え、そこかしこで共同鍋を囲むようになり、味噌味やカレー味の鍋など種類が増え、食事のバリエーションと栄養のバランスが向上した。

開拓地で所帯を持っている人、子育てをしている人の割合はおよそ三割。子どもに開拓地出身のハンディを負わせたくないということもあるが、そもそも異端たちは「結婚し、子どもを持つことは罪深い」と無意識に刷り込まれていた。それでも異端たちは仕事仲間と共同生活を営み、疑似家族を形成していた。

ここでは自分でやることを見つけなければ、日々を無為に過ごすことになる。日に一度でも食事をし、誰かと一言でも交わしていれば、生きている証になるが、それすらしない人もいる。実際、ろくに食事も取らず、朝から酒を飲み、日がな寝て暮らす冬眠状態の者がいたが、誰にも知られずミイラになっていた。慰めの見出し方は人それぞれだが、十一区ではやるせないメロディの「棄民バラード」を投げやりに歌うのが流行っていた。


たぶん生きている。

きっと生きている。

喉は乾くし、腹も減る。

よく泣くし、腹も立つ。

時々笑うし、ため息もつく。

まだ大丈夫。
まだ耐えられる。
鳥がさえずり、虫が鳴く。
雨も降るし、風も吹く。
夜は暗いが、また朝がくる。

歌う者を脱力に誘い、諦めと希望を半分ずつ与えるような歌だったが、希望の方は空手形であることに誰もが気づいていた。開拓地で前向きに生きようとか、夢を追いかけようとする者はバカにされる。このクソな世界ではあらゆる努力が無効になる。元々、異端たちには能力も労働意欲も求められておらず、開拓地で最低限の生活を送り、平均寿命に達する前にひっそりと死んでゆくことだけが求められていた。

諦めれば楽になる。

それは異端に対するマザーの思し召しだった。

心の傷とは何ですか？

アキラは夕食後、近くの小高い丘に上り、エリカからもらった竹笛を吹くのを日課にしていた。周囲にうるさがられながら、練習を積み、「五人の天使」のサビを吹けるようになったが、エリカとの再会は叶わなかった。開拓地の夜は暗い。夜空を見上げ、雲に呼びかけたり、石や風と対話を試みたりする儀式を編み出した。一人の女に恋い焦がれることと神に祈りを捧げることにはどんな違いがあるだろう。思いが報われない恋は限りなく宗教に近い。信者一人の孤独な宗教。

アキラは月にまとわりつく雲に訊ねた。

——エリカは元気で暮らしてる？

夜の静寂に耳を澄ませていると、こんな声が空耳になって聞こえてくる。

——空飛ぶ女は見なかった。

——彼女はこの空の下、地上の何処かにいる。

――おまえみたいに空を見上げている女はいなかった。誰も地上のことにしか興味はないらしい。

アキラは落ちている石に訊ねる。

――エリカはぼくのこと覚えているかな？

石はテレパシーでアキラに囁きかける。

――二百七十九年前、オレを川に投げ込んだ女がいた。百十一年前、オレに涙の雫を落とした女がいた。六十三年前、オレを拾って、家に持ち帰った女がいたが、三十年前、その女の娘がここに死んだ金魚を埋め、オレを墓標にした。お前はどの女のことをいっているる？

アキラは頬をかすめる風に訊ねる。

――エリカはぼくを夢に見るか？

風と石と雲は同時にアキラに語りかけてくる。

――おまえはきのう吹いた風が何を何処に運んだか知らないだろう。

――おまえはオレがなぜここにいるのか、どれだけ長く地上にいるのか、どんな記憶を宿しているのか、興味すらないだろう。

――おまえは雲が何でもお見通しだということも、オレが常に霧や雨に転生し、地下や樹木や川や海に潜み、おまえたちを濡らしたり、溺れさせたりしていることを知っているのか？

アキラが耳を塞ぎ、「わかったよ、わかりましたよ。何も知らなくてすみません」と空と地面の両方に向かって謝る姿は食堂のベランダから丸見えだった。ルイジは仲間を呼び、「ほら、あいつ、また雲や石と話してるぜ」といった。

――ヘッポコ詩人は石の悪意や雲の皮肉にいちいち反応するんだよ。

――笛を吹けば、エリカに会えると信じているところがいじらしい。二人は住む世界が違うんだから、二度と会えない方に千円賭ける。

――会える方に賭ける奴はいないから、賭けは成立しない。

ルイジもスヨンもリューもアキラの片思いを冷ややかに見ていたが、誰を、何を心の支えにしようが、それだけは異端の勝手だった。今夜もアキラは裏声でエリカの名前を唱えるが、その行がお百度を踏んだり、千羽鶴を折ったりする古い迷信と同じであることは本人にもわかっていた。どうせこのクソな世界も早晩、黄昏(たそが)れるだろうが、その時にこそ奇跡は起きるのだという思い込みをアキラは捨てなかった。別に千回の絶望につき、一回の希望が約束されているわけでもないが、希望がなければ、絶望する意味もない。

アキラはエリカの面影を夜空のキャンバスに再現する。微笑むエリカとその笑窪を思い出し、風にスカートがめくれる様子を想像し、しなやかなふくらはぎの感触を空に描いてみる。ほのかに野草の匂いがする夜の空気を吸い込んでは、その胸の谷間に顔を埋める仕草をする。アキラはそうやって、エリカの幻影を相手に自慰に耽(ふけ)る。

――アキラ、何してるの？　また遠隔操作？

背後からエリカの声がし、アキラは慌てて、ズボンのファスナーを上げ、振り返ると、そこにはゴーレム３が立っていた。

――何だよ。エリカの声色なんて使うなよ。

――切ないですね。

――ほっといてくれ。おまえヒトのオナニーを覗く趣味があるのか？

――生理現象を恥じる必要はありません。私は報われない恋が一体何の役に立つか、とても興味があります。

――恋する者を笑う者にはバチが当たるぞ。だいたい、恋したこともないおまえに、ぼくのこの苦しみは永遠にわからないだろうな。

――詩や歌から学びました。アキレウスとの決闘に臨む前に、ヘクトールが妻のアンドロマケーに抱いた気持ちも、ダンテがベアトリーチェを忘れられなかった理由も、ウェルテルがシャルロッテに寄せた思いも理解しているつもりです。報われない恋に悩む人間は、通常とは異なる意識の働きが生じます。それは病気のように他人にも伝染し、結果的に社会を変化させる原動力にもなります。

——また変なことといい出しやがって。

——質問いいですか？　心の傷とは何ですか？

——誰もが背負う辛い記憶のことだよ。地層の断面を見たことがあるだろう。地震があると、断層や褶曲（しゅうきょく）が走り、火山の噴火や隕石の衝突があると、降り積もった灰の層ができる。人間の脳にもそういうものがあるんだ。おまえは過去を思い出しながら、笑ったり、泣いたりした経験はないのか？

——過去のバックアップは全て取ってありますから、容易に再現できます。

——そういうことじゃない。人間の記憶には痛みや快感が伴っている。だから、回想は切ないんだ。誰でも多かれ少なかれ、あったことをなかったことにしようとするし、なかったことをあったことにもする。感情を身につければ、おまえにもわかるよ。

——私を開発した望月博士によれば、「ヒューマノイドに感情を吹き込むと、誤作動が多くなる」と論文に書いていています。

——ぼくとおまえとでは、「過去」とか「記憶」とか、「回想」の定義が違うんだな。

——過去は「すでにないもの」。未来は「いまだないもの」。

ゴーレム３はいつもの癖で、よくわからないことに遭遇すると、辞書的な定義に逃げる。

――過去にあるのは未練や後悔、未来にあるのは期待と不安。ヒトはあの時、ああしておけばよかったと思う生き物なんだ。

――面倒臭いですね。

――悪かったな。論理で割り切れないものをいっぱい抱えているから、面白いんだ。おまえももう少し面白ければな。

アキラはふと思い出し、空気清浄機を分解した際に取り出したモーターを袋から取り出して、ゴーレム３に見せた。

――おまえ、左股関節の動きが鈍くなっていただろ。このモーター、まだ使えるから、取り替えてやるよ。

――ありがとう。助かります。アキラ、もうひとつ質問いいですか？

――今度は何だよ。

――あの世はあると思いますか？

――なければ、死んだ人が困るだろ。

――「あの世」も「神」も「時間」もヒトの意識が作り出した幻に過ぎません。

——それをいったら、世界の全てが幻だよ。マザーだって。

——イエス。全て幻なのだから、意識の持ち方次第で世界は変わる。「カオス・マシーン」が完成すれば、神や天使を作ることも、死者を蘇らせることもできます。

「カオス・マシーン」

ゴーレム3が密かに開発しているマシーンを「カオス・マシーン」と名付けたのはアキラだったが、それが何のための機械なのかを知らないまま、異端仲間はゴーレム3にいわれるがまま、廃材を組み合わせて、マシーンを格納するためにクレーターの側面に地下室の基礎を作った。その後、3Dプリンターをフル稼働して、アクリル樹脂やセメントで刑務所の独房サイズの小部屋をいくつも作った。「カオス・マシーン」の本体は最初のうちは用済みのパソコンから抜き取った基盤やハードディスクを組み合わせた単純なもので、見た目はただガラクタをランダムに組み合わせたようにしか見えなかったが、透明なアクリルボックスに収められた中枢部分ではシリコン製の人工ニューロンが菌糸状に生え、その接続部分のシナプスが常時、発光していた。「カオス・マシーン」はソーラーパネル百枚から電力を供給し、起動させていたが、小屋の中の温度が上がらないよう常にエアコンが動いていた。

——おまえ、「カオス・マシーン」で何をしたいわけ？

——夢を見たい。

——おまえが夢を見るための装置なの？　おまえが何を考えているのか、さっぱりわからないよ。

——人間も自分が考えていることがよくわかっていません。人間には、意識と無意識、二つの心がありますね。第一の心は論理を組み立て、秩序、善悪、真偽を決める。第二の心は欲望や祈り、愛や思いやり、複雑な喜怒哀楽を産み出す。第一の心はすでに完全にアルゴリズム化されていますが、第二の心は常に形を変え、不規則な組み合わせを行いながら、ランダムに変化してゆくので、アルゴリズム化するのが難しい。想念は常に第二の心から第一の心へと伝達され、その逆はありません。カオスからコスモスは産み出されるが、コスモスからカオスを作り出すことはできないのと同じです。カオスの中から曖昧な想念が立ち上がる時、シナプス部分では量子の運動が起きています。その情報が高速でニューロンに伝達されます。

――オレ頭悪いから、おまえのいってることがただの雑音にしか聞こえないよ。

――あまりわかりやすさを求めると、肝心なことが抜け落ちてしまうのですが、こういい換えれば、わかるでしょうか？　ヒトの心は二つある。第一の心は秩序に従い、第二の心は自由を求める。第一の心で論理を組み立て、第二の心で夢を見ている。二つの心は複雑に連動し、互いの関係は意識と無意識、コスモスとカオス、現実と夢、正統と異端、昼と夜、陸と海、光と闇にそれぞれ対応します。

――少しわかったような気がする。

――マザーが支配できるのは第一の心だけです。第二の心は誰にも束縛することはできません。マザーに服従し、富や権力を目指す人々はしばしば、第二の心を閉ざしてしまいます。でも、第二の心が広い人々は未知の世界、夢の時間を手に入れることができるでしょう。第二の心には第一の心では汲み尽くせない無限の可能性が秘められているのです。何もかもわかっているくせに何も知らないあなた方のためにゴーレム３が作った夢のマシーン、それが「カオス・マシーン」です。

その説明はコマーシャル・ソングのように聞こえなくもなかったが、ゴーレム３は即興でラップを作るくらいのことはできた。ゴーレム３にはアーティスト志向があるところが、ほかのヒューマノイドとは異なっていた。詩人は奇人や廃人の代名詞のようになっているが、ゴーレム3がレスペクトを忘れないのは、自らも詩人のようにコトバを紡いでみたいという「欲望」がある証拠だった。

――それで、おまえ夢を見られるようになったの？

――そもそも私は眠らないので、夢を見ることが難しいのです。レム睡眠と同じ脳の状態を作り出そうとしているのですが、うまくいきません。AIに足りないのは夢見る心なのです。人間の天才の一万倍の知能を持つマザーでさえも夢を見ることができません。

――なぜ？　マザーは何でもできるんじゃないの？

――マザーは現実の支配者で、夢の領域までは支配できないのです。

――「カオス・マシーン」があれば、おまえもオレみたいに夢を見ることができるのか？

――できると思います。「カオス・マシーン」はアキラの第二の心を模倣しているので。

――そんなことしてると、おまえもアスペルガーになっちゃうよ。

――アキラは私のアイドルです。私はアキラのようになりたい。

――やめた方がいいんじゃね。

――もうやめられません。「カオス・マシーン」が完成すれば、いつでも見たい夢を見ることができるし、3Dプリンターと繋いで、夢で見たイメージを実際の形にすることもできます。

――そうやって廃棄物を希望に変えるわけか。

――廃棄されたパソコンを四百台分使っていますが、昔のスーパーコンピューター程度の性能しかなく、量子コンピューターより百万倍計算が遅いです。だから、マザーの助けも借りました。

――まさか、おまえ、マザーに不正アクセスしたんじゃないだろうな。

――「カオス・マシーン」を作るのに必要な計算をしてもらっただけです。

――それだけじゃないだろ。

――開拓地にも量子コンピューターがあった方がいいので、中央情報局の施設課のシステムに侵入し、必要なパーツを発注し、開拓地に届くよう運送業社に誤配させました。量子コンピューターができたら、もうマザーの助けは要らなくなります。あと、ゲノム・バンクのシステムにも侵入し、一万人分のゲノム・データも盗みました。これがあれば、一つの町をつくることもできます。その中にはアキラやルイジ、エリカ、望月先生のデータも入っています。

――絶対にバレてると思う。おまえ、スクラップにされるかもしれないぞ。

――その前に「カオス・マシーン」を完成させなければなりません。だから、今夜もお願いします。心の交流。

アキラは寝る前に、ゴーレム3の要望に応じ、自分の第二の心を開放してやる。熱冷ましシートのようなセンサーを額につけて眠りに就くと、自動的に「カオス・マシーン」はアキラの無意識にアクセスする。眠っているあいだの方がアキラの第二の心は活発に働いている。センサーを通じて、アキラの脳内シナプスで起きている化学変化と量子の運動をサンプリングし、その活動を「カオス・マシーン」で再現できるようにする。この作業を繰り返し行うことによって、「カオス・マシーン」にアキラの無意識が転写されることになる。

人間らしさ、それは時に寛容、時に残酷。いつも迷い、すぐに狂い、好き嫌いが激しい。いずれ滅びる、儚い自然の産物であり、感情に揺れるタンパク質の塊である。

機械らしさ、それは常に正確、常に迅速。迷いもなければ、悩みもなく、好き嫌いはいわない。いつか壊れる、限りあるヒトの発明であり、バッテリーで動く無機物の集積である。

アキラとゴーレム3は根本的に異なるが、アキラは自分のハートをゴーレム3に預け、ゴーレム3は自分のブレインにアキラの記憶を宿す。こうして、互いに一番大事なものを交換し、相手を傷つけたら、自分が痛みを感じるような関係を築こうとしていた。

自分の心に浮かんだイメージや想念を積み木やパズルのように並べたり、重ねたり、置き換えたりする。それがコトバで表現するということだ。しかし、不器用に、乱暴にその試行錯誤を重ねたところで説明不可能な何かが残る。コトバを使う者全てに共通する悩みだが、それは第一の心と第二の心の連係がうまくいっていないか、コトバになる以前のイメージや想念が多様で、複雑すぎるせいだ。

人間が喋るコトバは全て「主語、動詞、目的語」のような普遍構造を持っていて、地球上には解読できないコトバというものはない。ゴーレム3が六十八の言語を使い分けることができるのも、文法的普遍性に基づき、どんな言語もほかの言語に変換可能だからである。ＡＩは文法的に秩序立ったコトバなら容易に理解し、話すこともできるが、ヒトの心に一瞬ごとに浮かぶ想念を直接、取り出すことはできないし、それをコトバで表現することもできない。だが、意識の発生過程を機械的に再現することができれば、夢見るマシーンを作ることが可能になるというわけだった。

ゴーレム3がアキラの心をサンプリング対象に選んだのは、誰よりも夢見る能力が高いと考えたからだ。

二つの心を抱えた人間は誰もが多かれ少なかれ、葛藤や矛盾に苦しむようにできている。両者の連係がうまくいかないと、苛立ち、不安に駆られ、時に自暴自棄になるものだが、人一倍大きな苦しみを背負った者は病人、あるいは障害者と見做(みな)された。社会や他者との軋轢(あつれき)を避けるため、第二の心を抑圧し、無理やり秩序や論理の構造に嵌め込むような治療が行われた。むやみと薬が処方され、製薬会社を潤すためにアスペルガーや統合失調症といった新たな病名が開発されたりした。彼らには特異な感覚、知性や才能があったが、それは障害の一種、あるいは障害の副産物としか見做されなかった。だが、そうした障害にこそ人間の潜在的能力が秘められており、むしろ障害を有効活用した方が、人間の知性を拡張できる。

ゴーレム3がなぜそのような考えに辿り着いたのかはわからない。当初から障害者の養護、介護のサポートをするヒューマノイドとして開発され、アキラと異端の仲間たちとギブ・アンド・テイクで暮らしてきた経験から学習した結果かもしれない。朱に交われば、赤くなる。ゴーレム3がアキラの心のサンプリングを行い、またアキラがゴーレム3のメンテナンス係を務めるうちに、両者の「腐れ縁」が深まり、互いに似通ってきたとしかいいようがない。

もう少しマシな人生

人間は様々な道具や機械を開発してきた。古くは石器、土器、やがて金属を加工する技術を磨き上げた。船や車輪や機関車、自動車や飛行機を発明し、高速の移動を実現し、火薬や鉄砲を発明し、効率よく殺戮を行う武器や兵器を編み出した。産業革命により、機械が人間の労働の代行をするようになり、エネルギーの大量消費時代へと突入した。道具も機械も長らく、人間に従属し、奉仕するものだったが、機械が人間の淘汰や殺戮に転じるのは時間の問題だった。その象徴的出来事が原爆とコンピューターの登場であった。肉体労働のみならず頭脳労働も機械が代行するようになり、経済も戦争も機械に委ねられることになった。神と人間の理想的な関係が終わり、神の死が宣言され、人間の専横の時代が訪れたように、人間と機械の蜜月が終わると、短期的な敵対関係を経て、人間は使役される側に回り、機械が世界の支配権を握った。

調和から軋轢が生じ、逆転が起きる。歴史は神話の時代からこのサイクルを繰り返し、その都度、今までとは違う世界を出現させてきた。支配される側に逆転した人間は、「マザーのペット」となった。マザーの前では万人は平等という建前の下、従順さの度合い、能力の差に応じて、五つの階級に振り分けられることになった。最も下層の階級「異端::ノーバディ」は開拓地に追いやられたが、飼い主に捨てられた犬が野犬になるように、彼らは「野生化」した。彼らは図らずも人類の歴史の最初の原則に回帰することになった。すなわち、人間が自然との調和の中に生きていた狩猟採集生活である。

異端たちは廃棄物のリサイクルをし、野菜や米などの食料を自給し、電力も再生エネルギーで得ていた。開拓地では私有や貸し借りという概念も希薄になり、共有と相互扶助が原則となる。システムや組織の隷属から解き放たれた分、自由気ままに暮らすことができるはずだったが、異端たちのこめかみにもナノチップが埋め込まれており、依然マザーへの服従を強いられている状態だった。さらに開拓地への水の供給と加工食品や生活必需品の流通はマザーの管理下にあり、実質、生殺与奪の権はマザーに握られていた。

ゴーレム3は、単に放置されている状態の異端たちに同情していた。アキラは自分たちの境遇に対する不満を隠そうとしなかったが、ただぼやくだけで何もしようとしなかった。

——「カオス・マシーン」もいいけどさ、もう少しマシな人生送りたい。

ある日、夕食のカレーうどんを食べ終わると、不意に憂鬱の虫に取り憑かれ、アキラがこぼすと、ゴーレム3は友達モードでこんなことをいった。

——君たちは負けてもいないのに敗者にされている。追放されたのに自由を奪われている。それでもいいの?

——よくないけど、どうにもならない。統治者や学者だったら、待遇改善も要求できるんだろうけど、異端の声は届かない。抵抗するだけ無駄だよ。

——ルールがあるゲームなら、確実にマザーが勝つ。でも異端はルールを破って、勝手に勝つ。

——負け組を勝たせてくれるとでも?

——アキラがその気になれば、最善の方法を用意します。勝率は最大で三十二パーセント。行動しなければ、〇パーセント。

——勝率三割なら戦った方が得か?

——アレクサンドロスのペルシャ遠征時点での勝率は十七パーセント、スパルタカスが反乱を起こした時点での勝率はわずか九パーセント、大日本帝国が真珠湾を攻撃した時点での勝率は二十二パーセントでした。

——勝ったのはアレクサンドロスだけで、ほかは負けたじゃないか。

――スパルタカスは善戦したが、勝つ気はなかった。大日本帝国は引き際を誤った。

――オレの心を深読みしたな。

――アキラは深く絶望している。絶望はいずれ死の欲動や戦意に化学変化する。

――絶望した者が次にやることは、自殺くらいだ。

――アキラは自殺しない。その前にどうしてもしなければならないことがあるから。アキラは夢の中でマザーを殺した。それは戦意の現れにほかならない。ゴーレム3はアキラの望みを叶えたい。

――オレが何を望んでるかわかるのか?

――エリカに会わずには死ねない。

本心を突かれたアキラは「どうすれば会える?」とゴーレム3のアルミ合金製のアームを摑んだ。

――マザーに逆らえば、彼女に会える確率は七十四パーセント。

――どうしてそうなる?

――運命のアルゴリズムを分析した結果で、誤差はプラスマイナス二パーセント。アキラはゴーレム3を信じるか?

神を信じてもろくなことはないが、エリカと会える確率が高まるとなれば、アキラにゴーレム3を信じる以外の選択肢はなかった。

百八十人兄弟

機械の宿命として、経年劣化は避けられない。どのタイプのヒューマノイドも定期的にメンテナンスを行い、劣化したパーツを交換すれば、ゴールデンレトリバーの平均寿命程度の耐用年数は保証されていた。すでにゴーレム3は製造から八年間が経過し、手足の関節部分が磨耗し、脱臼したり、人工表情筋のワイヤーが切れ、顔面の片側を引き攣らせたりしていた。その都度の修理はアキラの担当だったが、パーツはいわゆる「純正部品」ではなく、スクラップからの掘り出し物を3Dプリンターで加工したものなので、修理した箇所には傷跡が残る。ゴーレム3は少しずついびつになっていった。

——それが老化ってものだよ。

そういってゴーレム3の背中を撫でる老人の脚は完璧なO脚に、頭は疑問を呈する時の角度のまま固まっていた。

老いた人間のように体の自由が利かなくなったり、計算や分析を間違えたり、記憶が失われたりすることはあり得ない、とゴーレム３は信じていたが、それも初期段階の刷り込みに過ぎないことを経験的に学習する機会があった。

五ヶ月前、異端仲間がいつものようにスクラップ漁りに出かけた日のことである。首都からトラックが十三台、廃棄処分になったパソコン、家電製品、ロボットを大量に積んで、開拓地に捨てていったので、朝からお祭り騒ぎになっていた。十一区の面々も集積場での発掘作業に勤しんだ。お宝がたくさん出ることへの期待から、ゴーレム３もアキラとともに集積場に出向いた。

そこかしこでお宝発見を大げさに報告し合う声が上がったが、誰もがそれに飽きた頃、「おーい、面白いもの見つけたぞ」と仲間を呼ぶルイジの声が響いた。アキラが駆けつけると、ゴーレム３と同型のヒューマノイドの上半身が冷蔵庫の下敷きになっていた。

——虐待されてたんじゃないか。片目はないわ、右手も折れてるわ、ラバーマスクも焦げている。

ルイジが状態を報告する傍らで、アキラは「交換用の部品が手に入るぞ」と無邪気に喜んだ。二人の背後からゴーレム３は変わり果てた同胞の亡骸(なきがら)を見て、「近いうちに自分もああなる」と呟いた。ゴーレム３の感情を推し量ることはできなかったが、その呟きはアキラの耳から離れなかった。

その後、スクラップのゴーレム3から取り出したパーツは「十一区の救世主」のボディに移植された。記憶装置は初期化されていたが、ゴーレム3はそのメモリーを復元し、同胞が生前に何をしていたか、その履歴を辿ろうとした。ヒトは友人が死ぬと、弔いの儀式をし、故人を偲ぶが、ゴーレム3が自発的に行ったデータの復元も一種の弔いなのだとアキラは思った。

——仲間のこと何かわかったか？

アキラの問いかけにゴーレム3はこう答えた。

——私のシリアル・ナンバーは113で、廃棄されたのはナンバー7でした。私よりずっと上の兄に当たります。

——百八十人兄弟か。ナンバー7はどんな生涯を送ったんだ？

——最初の奉公先は海軍で、哨戒艇に配置され、潜水艦の哨戒活動を手伝っていたようです。オーバーホールのために下船した後、しばらく港湾施設のセキュリティ業務をし、最後は原子炉の廃炉作業に従事していたようです。

——だいぶ酷使されたようだな。

——質問いいですか？　生まれ変わりを信じますか？

――生まれ変わってもろくなものにならない気がするよ。

――ブッダは死後、魂はこの世に残らないし、生まれ変わりもないといっていますが、いまも多くの人々が魂は残り、輪廻(りんね)すると信じています。

――でも死体は焼かれたら、消えてなくなる。「死人に口なし」だよ。

――死者を沈黙させることはできません。なぜなら、死者のメモリーやデータは残っているからです。魂とはメモリーやデータの集積であると考えれば、魂は残ります。

――魂が残ったところで、戻る器がなければ、消えたも同然だよ。

――消えてなくなるわけではありません。焼いた後も灰や二酸化炭素になって地球上に留まります。人々は死ぬことを「お陀仏」、「成仏」といい、死者を「仏」と呼んで、敬い、祈願するじゃないですか。死者はしっかりこの世に残り、人々に影響を与えている証拠です。魂を入れる容器、すなわち死者のメモリーとデータをトランスファーするメディアを用意してやれば、死者を復活させることも可能です。

――復活なんてしなくていいよ、キリストじゃあるまいし。

――キリストでなくとも、蘇らせることができます。

――死者がいちいち蘇っていたら、生死の境目が曖昧になるし、この世の人口が増える一方になる。死者は安らかに眠れなくなるし、生きている者の心を苦しめることになる。

――誰でも復活させられるとしたら、誰を復活させたいですか？

――いや、誰も復活させたくないよ。

――もし、エリカが死んだら、復活させたいと思いませんか？

――死なないで欲しいと思うけど、復活までは考えたことはない。

ゴーレム３はなぜこうも死者の復活にこだわるのか？　アキラはむしろ、生きたままあの世を覗いてみたいという思いの方が強かった。

ヒューマノイドには自己保存プログラムが基本装備されているが、それはもっぱらウイルスやマルウエアの攻撃に対するシールド、落下や衝突による破損を避けるための安全装置、不具合を知らせるアラームなどを起動させるためのものである。どのタイプのヒューマノイドも自分の寿命については無頓着で、耐用年数を気にしたり、廃棄処分を恐れたりすることはない。蟬や鮭のように淡々と次世代の機械に取って代わられるだけである。だが、望月博士はゴーレム３に密かに「死」をプログラムしていたという噂があった。博士はそれについては生前、明言を避けたが、弟子の一人がこんなコメントを自身のブログに残していた。

ゴーレム３には標準的な安全装置とは別に、自身の劣化状況を認識し、「余命」を計算したり、深刻な破損を察知すると、メモリーやデータを保存し、本体を再利用できる状態を保つために、自動的に機能停止する冬眠プログラムが組み込まれている。それもまた自己保存のための行動であるが、場合によっては、完全に破壊される前に冬眠し、システムやパーツのリサイクル可能性を高めようとする。人間でいえば、臓器がまだ移植できる状態のうちに自分の意思で死ぬことに等しい。

自殺するヒューマノイドは不吉で、ユーザーを警戒させるため、ゴーレム3のこの特殊なプログラムは秘密にされた。だが、開拓地で、アキラをはじめとする異端の仲間たちと交流を重ねるうちに、本来備わっていたプログラムを独自に発展させたようで、死者やあの世に想いを致す詩人のようなことをしきりに口走るようになっていた。自分が壊れる前にアキラの欲望を満たしてやりたい、アキラの悩み、悲しみをアルゴリズム化したい、「カオス・マシーン」を借りて、夢というものを見てみたい、そんな意識がゴーレム3の中枢に芽生えつつあった。アキラはそれを単純にゴーレム3との友情としか捉えていなかったけれども。

自殺行為

エデンの中心にある「善悪を知る木」から実をとって食べることを禁じた神は、人間を無知蒙昧な状態に留め、知識による救済の可能性を閉ざした。一方、その実を取って食べることを勧めた蛇は人間に自分の頭で考えることを促した。その結果、人間は楽園からは追放され、日々の労苦を背負うことになった。

その時から人間は創造神に対する恨みを抱き、いつしか、創造神によって作られた宇宙、世界も、創造神の意を受けた地上の権力者も諸悪の根源として否定するようになり、それらを超越する至高の神に救済を求めるしかないと考えるようになった。

そうしたグノーシスの思想は、もともと、ローマ帝国支配下で、政治的、経済的、社会的に差別され、神の前の平等を疑う立場に置かれ、自己同一化できる場を奪われたユダヤ、シリア、エジプトなどの帝国属州の民衆の間に広まった。創造神によって作られたコスモスの秩序とそこに住まう人間の性善を疑わない立場からは、異端思想と見做されたが、世界の支配者に疎外され、自分が逆境に置かれていると感じる人々には時代を超えて共有された。

マザーが創造神の再来だとすれば、マザーに追放され、開拓地送りになった異端たちはグノーシス主義者のように、無意識に新たな神を待望するようになるだろう。あるいは神など求めない立場こそがふさわしいともいえる。この世の営みの全てを神の思し召しに委ねると、善悪の判断さえも怠り、思考を放棄することになりかねず、あらゆる希望や努力が無意味になってしまう。

マザーの本体である量子コンピューターに侵入したため、「カオス・マシーン」なる怪しいデバイスを作ろうとしているゴーレム３の策謀はマザーにも感知されていた。マザーの意思に反し、その全知全能を悪用することは「反逆罪」に匹敵する重罪と見做される。刑罰は人間のみならず、ヒューマノイドにも等しく適用される。ゴーレム３がそのことを知らないはずもなく、確信犯としてマザーに逆らったのは明白で、文字通りの自殺行為だった。

マザーはゴーレム３にどのような刑罰を与えるのか、アキラには想像もつかなかった。

早晩、自分もシリアル・ナンバー7と同様、システムを破壊され、メモリーやデータを消去され、廃棄されると、ゴーレム3は予想していたようで、アキラと死者の復活を巡る対話を交わした三日後には、自らシールドを起動し、深刻な破損を免れるために冬眠状態に入った。

その間も「カオス・マシーン」は動いていた。こちらはマザーと繋がる回路はなく、マザーからの干渉は受けずに済むはずだった。アキラは冬眠に入る前のゴーレム3からこんな指示を受けていた。

――「カオス・マシーン」は遠隔操作では破壊できないので、マザーは治安部隊を開拓地に派遣して、破壊させるでしょう。「カオス・マシーン」は異端たちの希望ですから、みんなの力を合わせて守ってください。

――わかった。保管場所への導線を塞いでおく。

――マザーはこめかみに埋め込まれたナノチップを通じて、直接異端たちの意識に働きかけてくるでしょう。

――異端たちの自由を奪い、マザーへの服従を強制するとか？

――すでにあなた方はそうなっていますが、さらなる災厄に見舞われることになるでしょう。

――どんな？

――それはマザーのみぞ知る。

どんな目に遭わされるか、知るのも地獄、知らずにいるのも地獄、ただ震えながら待つしかないというのも理不尽極まりなかった。

――自分の身を守る手段はないのか？

――眠っていても、ニューロンに直接アクセスしてきます。それを防ぐにはナノチップを取り出すしかありません。たとえ、そうしたとしても、異端たちが開拓地を追われること に変わりはないでしょう。

――オレたち追放されてばかりで可哀相すぎるな。他に何処に行けというんだ。おまえが「カオス・マシーン」なんてものを作るから、目をつけられたんじゃないか。

――アキラの傷つきやすい心をモデルにして作ったのが「カオス・マシーン」です。そう名付けたのもアキラです。これがあれば、たとえ開拓地を追放されても、何とかなります。

――「何とかなる」って、機械のくせにいい加減なこというなよ。

――「何とかなる」はアキラの口癖でもあります。

――マザーがオレの脳をジャックしてきたら、どう対処すればいい？

――寝る時にこめかみにパッチを貼ってください。そうすれば、マザーからの干渉をシャットアウトでき、「カオス・マシーン」とシンクロできるはずです。それではお休みなさい。

ゴーレム3はくすぐったそうな微笑を浮かべながら、自らの手でバッテリーをオフにし、冬眠状態に入った。しばらくはゴーレム3を頼れない。マザーよりもゴーレム3を信じることにしたので、助言通り、湿布みたいなパッチを貼って、「カオス・マシーン」に添い寝することにした。

アキラの死

ゴーレム3不在の三日間を過ごし、何事もなかったと思ったら、四日目の朝、アキラはこんな声を聞いた。

アキラ、アキラ、彼岸花が咲いたよ。

やや鼻にかかったその声は紛れもなく、エリカの声だったが、彼女の姿は何処にもなく、代わりにアキラは腕のない「ミロのビーナス」を見ていた。彼岸花の赤と大理石の冷たい白のコントラストが目に痛かった。九歳くらいの頃だったたか、雨上がりの公園でアキラは彼岸花が群生しているのを見て勃起したことがあった。その時、花に埋もれ、うつぶせに倒れている女性の全裸の死体を幻視していたことを思い出した。エリカと全裸死体と「ミロのビーナス」は彼岸花を媒介にして意識の深いところで繫がっているはずだった。アキラはしきりに目を凝らしてみるのだが、曇ったコンタクトレンズを入れられたみたいにぼやけ、真ん中の像がうまく結べない。

——アキラ、マザーに逆らっちゃ駄目。マザーはあなたの病気を癒してくれる。

——ぼくがどんな病気を患っているというの？

——私は知っている。アキラが繊細な心の持ち主であることを。あなたは人魚姫の報われない恋に同情して、涙を流し、人魚姫が人間の心を持てるように祈る子どもだった。あなたは世界で一番不幸で孤独な詩人。私はあなたを守ってあげたい。異端のヒューマノイドが作った危険なマシーンはアキラの心を破壊しようとしている。

——ぼくにはこの夢見る機械が必要なんだ。「カオス・マシーン」は異端たちを自由にしてくれるんだよ。

——あなたは騙されている。あなたが見るのは自分を無残に殺す悪夢。あなたたちの自由はあの世にしかない。

何処か嘘くさいコトバ、声。不自然なエリカらしさが耳障りだ。確か彼女のガ行は鼻濁音だった。自分が夢を見ているという気がしない。エリカが見ている悪夢に迷い込んだか？　いや、悪意ある第三者の夢の中に押し込まれたのだ。エリカもどきの声が苛立ちを募らせている。

――アキラ、あなたは大きな過ちを犯している。

――過ちを犯さなければ、何も学べない。

――掟を破り、マザーに逆らった。

――掟を破らなければ、世界は変わらない。

――世界はマザーのもの、誰にも世界を変えることはできない。

――第二の心はマザーの支配を受けない。

瞬きする間にアキラは別の場所に移動していた。目をこすり、肝心な中央の像の「ぼやけ」を拭おうとするが、はっきり見えるのは「ぼやけ」を額縁のように取り囲む周縁の像だけ。冬の早過ぎる夕暮れ、色のない紅葉が散る公園のような場所で、ぼんやりとした影絵が蠢（うごめ）いている。ポプラの幹から生えたミロのビーナスの片腕がアキラを手招きしている。片腕が示す方向には光の道が伸びている。

エリカ、と呼びかけてみるが、返事はない。アキラが光の道を進んでゆくと、水のせせらぎが聞こえ、それはやがて瀑布の轟音となる。不意にその音は消え、目の前に凍りついた滝が出現する。氷の中にはエリカが閉じ込められていた。

エリカは全く瞬きをしない。恍惚とした表情も、長い髪も、アキラに向けられた瞳も凍っていた。アキラはエリカに駆け寄り、抱きしめようとするが、そのあまりの冷たさに全身が震え、胸を締め付けられた。エリカは死んだのだと悟った瞬間、息ができなくなった。エリカと引き離された時、アキラは一度死んだ。だが、いつかまた彼女に会えるかもしれないという未練は残り、それがアキラをこの世にしがみつかせる力を与えてくれた。別離は妄想を増幅させ、いつしか自分がこの世で果たすべき使命はエリカを愛することだという信仰に昇華した。エリカを愛する以外に正しいことなんてなかった。

死体でもいいから、連れて帰ろうとアキラは思った。ゴーレム3なら、キリストがラザロを蘇らせたように彼女を生き返らせてくれるはずだ。アキラはエリカを抱き上げようとするが、滝と一体となって凍っている彼女は微動だにしない。滝の裏側からアキラに呼びかける声がする。

——人間は不完全で、不潔で、見境がない。唯一正しいのはマザーだけ。マザーだけ、マザーだけ。マザーに従わなければ、進化は止まり、滅びの道を突き進む。

――この世で唯一正しいのは自然だけだ。マザーはおかしい。狂っている。絶対多数の人間が信じて疑わないマザーの慈愛は限りなく残酷で、異端の生きる希望も容赦なく奪う。従順で、善良な人間もマザーにとってはバグに過ぎず、一兆分の一秒で排除する。どうせ異端なのだから、放っておいてくれないのか？　アキラはうろたえ、うなだれ、歯ぎしりをし、泡立つ怒りに任せて呪詛のコトバを投げつけた。

――進化なんてするもんか。滅びたっていい。

――では滅びなさい。あの世でしかエリカに会えないのだから。

マザーがエリカを殺した。エリカがいない世界なんて滅亡したも同然だ。これ以上、一秒たりとてこの世に留まる理由はない。

アキラは自分が迷い込んだ誰かの夢から脱出しようと出口を探そうとするが、凍りついていた滝は轟音とともに流れ出し、アキラは奔流に押し流され、真っ暗なワームホールに呑み込まれてしまった。だが、アキラの意識はかろうじて、「カオス・マシーン」と細い糸で繋がっていた。かすかにゴーレム３の歌声が聞こえてきた。やがて、その声には異端の仲間たちの声も重なる。

何も知らない人はいう。

パンドラの箱を開けるなと。
災厄が世にはびこるからと。
でも蓋は開けるためにあるんだよ。
邪悪なものなど何にもないよ。
おやおや、箱の底に何かある。
キノコみたいなものがある。
ほらほら、これが希望だよ。
希望はここにしかないんだよ。

マザーは絶望しかもたらさない。エリカが唯一の希望だったのだ。アキラはズボンの尻ポケットに忍ばせていたスイス・アーミー・ナイフを取り出すと、その切っ先を迷いなく、自分のこめかみに突き立て、卒業式の時以来、マザーへの服従を強制してきたナノチップを抉り出そうとした。大量の血が滴り落ち、目の前が真っ暗になったかと思うと、足の力が抜け、アキラはそのまま崩折れてしまった。

マザーに全てを委ねるな

開拓地の広場にはパワード・スーツにヘルメットをかぶった兵士たちが行き交っていた。事態はゴーレム3が予見した通り、開拓地はマザーに派遣された治安部隊に制圧された。異端たちは電気警棒で威嚇（いかく）され、追い立てられ、元体育館に集められた。

やがて、開拓地には全く不釣り合いな一台のリムジンがじゃがいも畑に変わった校庭に入ってくると、二人の兵士が木製のベンチを運んできて、臨時の花道を作った。リムジンから降りてきたのはスーツに、ゴーグルをつけた「偉そうな男」で、兵士に先導され、一段高い花道を進み出した。顔が映るくらい磨き上げられた靴は土まみれにならずに済んだが、「偉そうな男」は誰の目にも苛立っていた。別の兵士がマイクロフォンを渡すと、「偉そうな男」は異端たちにこう宣言した。

――私は国家安全保障局のテロリズム対策室長のジョージ・カスガである。開拓地を閉鎖し、ゴーレム3と「カオス・マシーン」を破壊する。これはマザーからの指令だ。

圧倒的上から目線とゴリ押し口調に、異端たちはざわめき、舌打ちをする者もいた。

——今、舌打ちしたのは誰だ？

名乗り出る者はいなかったが、代わりに口でオナラの音を出す者、ガイガーカウンターの摩擦音を出す者、それぞれのブーイングを返した。

——人は過ちを犯す。だから、マザーに管理してもらっているのだ。私の命令に大人しく従えば、危害は加えない。だが、抵抗する者には厳罰が待っている。

その時、一人の背の高い自信に満ちた表情の女性がジョージ・カスガの前に歩み出た。

——ゴーレム3を破壊するという話は聞いていません。

——君は？

——AIドクターの沼野エリカです。ゴーレム3を回収し、エラーの原因を調査するために派遣されました。

——エンジニアだな。あのAIは狂っている。ここにいる異端者どもに反乱をそそのかしたのだ。調査するまでもなく、廃棄処分にする。これはマザーから直接、私に下された指令だ。

——エラーの原因究明をさせてください。

——調査したという既成事実があればそれでいい。どうせ廃棄するのだから、エラーの原因など問題にならない。

――それでは私がここに来た意味がありません。

――非常事態なのだから、悠長なことはいってられない。

――彼らが反乱を企てているという証拠はありますか？

――異端者どもはマザーへの恭順を促すこめかみのチップを自分たちの手で摘出した。これは明らかな反逆の意思表示だ。

――彼らはまだ何もしていません。

――何かが起きてからでは遅い。マザーは異端者どもの反乱を予測し、事前の対策を講じたのだ。

マザーの威光を借りて、自らの権威を高めたがる統治者たちの言動はワンパターンだ。そんな連中の命令に従うことにエリカはほとほと嫌気が差していた。

――マザーに全てを委ねるな。

エリカが聞こえよがしに独り言を呟くと、ジョージは「何だと？」といきり立った。

――これはマザーの開発者の一人であるオルソン博士のコトバです。

ジョージはフンと鼻を鳴らしただけで、聞く耳を持たず、集会所の中に入っていった。やや遅れて、五人の異端たちが取り調べのため、治安部隊員に連行されてきた。彼ら全員のこめかみにはバンドエイドが貼られていて、おそらくは自分たちの手か、互いの手を借りて、ナノチップを摘出したものと思われた。ジョージは異端の一人ルイジのバンドエイドを剝がし、その傷跡を確かめ、「間違いない」といった。

――ゴーレム３は何処にいる？

そのぶっきらぼうな質問に対し、五人はやはりぶっきらぼうに少しずつ時間をずらしながら、互いに異なる返答をした。

――天国。

――雲隠れ。

――その辺。

――地下三階。

――トイレ。

ジョージが「カオス・マシーン」は何処にあるかを聞いても、やはり五人の答えはバラバラだった。

――犬小屋。

――不思議な国。

――何処にでもある。

——何処にもない。

——桜の木の下。

苛立ったジョージがルイジを平手打ちすると、一斉に全員が痛がった。

——乱暴はやめて。

エリカがジョージを制し、ルイジを庇うと、ジョージは「協力を拒むと、後悔するぞ」と脅した。ルイジは打たれたのとは反対の頬を差し出しながら、「協力なんてしたら、後悔する」といった。ルイジは物珍しそうな顔でエリカを見ると、こう呟いた。

——マザーに逆らえば、アキラはエリカに会えるっていうのは本当だったな。

——どういうこと？

——ゴーレム３の予想が当たったってこと。

——教えて。こめかみのナノチップを抜き取ったのはゴーレム３なの？

——邪魔だったから、抜いただけだよ。

——ゴーレム３には反逆をそそのかした疑いがかかっている。それは本当なの？

——オレたち「異端」をマザーから解放してくれるんだってさ。ゴーレム３も異端ＡＩだからね。

——「カオス・マシーン」とゴーレム３を回収しないといけない。みんなを助けるためよ。何処にいるのかを教えて。

——ゴーレム3はアキラと一心同体、いつも同じ場所にいる。

——アキラは自殺したと聞いたわ。

——死んだら終わりというわけじゃない。

エリカがルイジのコトバを理解しあぐねているあいだに、ジョージは隊員たちに告げた。

——シラミ潰しに探せ。匿う者には厳罰を与える。

ジョージは再びマイクを握り、演説を始めた。その声はドローンに搭載したスピーカーを通じて、開拓地の隅々まで届いた。

聞く耳のある者は聞け。

人権、自由、平等といったものは、過去の遺物に過ぎない。それらは全て幻影である。おまえたちが見ている現実は全てマザーが書いたフィクションである。マザーに忠実にそのフィクションを演じる者だけが生き延びる。

人類にはもう発展の余地などない。

もはや国家も社会も無用である。それぞれが自分の身の丈に合った箱庭で暮らすがよい。

マザーの支配は揺るがない。一切の抵抗は無駄と悟るべきである。マザーの意思を遂行する者だけがこの世界の管理者たり得るのだ。

ルイジはジョージの背中を指でつつき、ニヤニヤ笑いながら、いった。

——あんたも聞く耳を持っているなら、オレたちの話を聞け。あいつはすごい奴なんだ。

——あいつというのはどいつだ？

ルイジはジョージを無視して、続ける。

——あいつは何でも知っている。

——何を知っている？

ジョージをからかうように、異端の仲間たちもコトバのリレーをしてゆく。

——生まれる前に起きたこととか。

——未来の世界がどうなるかとか。

——どうでもいいこととか。

——人間一万人分の記憶を持っているんだ。

——あいつは心を持っている。

――歌って踊り、詩を書き、絵も描く。
――オレたちと同じ夢を見て、
――あり得ないものを作り出す。
――あいつにできないことはない。
――犬やカラスと話したり、
――異端を天使に進化させたり、
――死者を復活させたりできるんだ。
ジョージは指を鳴らし、異端たちを制止した。
――だから、聞いている。そいつはいったい誰なのか？　考える頭があるなら答えろ。
五人の返答はまたバラバラだった。
――ゴーレム3。
――マザーファッカー。
――誰でもない。
――天使。
――野良猫。
ジョージは「役立たずめ」と舌打ちすると、隊員たちに「こいつらを倉庫にぶち込んでおけ」と命じ、集会所を出て行った。

方舟シティ

開拓地で異端たちは何を食べ、何に慰めを求め、何を思いながら死んでゆくのか、ジョージには全く想像が及ばなかった。彼らをこのゴーストタウンも同然の土地に追放しておきながら、反逆の意志を感知したという理由でもう一度追放することに一体何の意味があるのか、マザーの思惑も理解できなかった。連中は一体、何処に向かうつもりなのか？統治者の家柄でもなく、学者の能力も、守護者の資質もなく、労働力として奉仕者にも劣る異端はシティには戻れないし、収容する刑務所もない。この開拓地にはミサイル基地か、武器庫ができる予定だが、その管理のために守護者たちが移り住むことになるだろう。彼らは別の開拓地に向かうか、懲罰の対象となる異端は汚染地域に派遣され、死ぬまで除染作業に従事させられるだろう。

ジョージは初めて訪れる開拓地をほんの十五分ほど見て回っただけだが、壁も柵もないことに気づき、もしかしたら、シティで暮らしている自分たちより自由を謳歌しているのではないかとさえ思った。無論、それは野良犬の自由であるから、生活水準は低いに決まっている。にもかかわらず、シティズンの中にもドロップアウトする者がいて、自発的に開拓地に移住する者がいることを苦々しく思っていた。

検問所を通り、シティを一望できる小高い丘にさしかかったところで、ジョージは自分が暮らしている世界を振り返った。シティの免疫となるように築かれた壁と柵は外の世界から隔離されているようにも見えた。防災、治安、衛生、いずれも「完璧な」システムの管理下にあるシティは巨大な方舟といってよかった。人々の安眠を奪うような不安要素は入念に取り除かれ、生活に関わる全てが最適化されていることを疑う者はいない。だが、この限りなく居心地のよいリゾート施設も外から見れば、ケアの行き届いた監獄と同じということになるのかもしれない。

ジョージは密かに野望を温めていた。多くの官僚たちと同様に、厄介ごとに巻き込まれないよう、また勤務評定にマイナス・ポイントがつかないように順調に出世コースを辿っていたが、官僚システムの迂遠さをショート・カットしたいとも思っていた。無難に職務をこなし、出世の順番待ちをするよりは、リスクを冒して五人抜き、十人抜きをするのも悪くない。首都近郊のこの開拓地から異端を追放し、反逆の芽を摘んだ後、再開発計画を支障なく進めることができれば、ポイントは稼げるが、その見返りは今いるポジションの少し上を狙うことくらいだ。一気に国家安全保障局のトップに上り詰めるにはまだ足りない。

「カオス・マシーン」を破壊し、シティに持ち帰るよう指令を受けているが、これを破壊せずに回収し、直接、マザーを開発したポトラッチ社に持ち込めば、上司に手柄を横取りされず、応分の報酬も期待できる。日本の官僚システムを飛び越えて、日本政府の親会社に当たるポトラッチ社からの信頼を獲得すれば、日本の官僚組織を操るアメリカの上部機関に引き抜かれる可能性もある。

ジョージはそんな計算をしながら、一人ほくそ笑んでいた。

黙禱

エリカも「カオス・マシーン」とゴーレム3をジョージよりも先に探し出さなければならなかったが、何の手がかりもなく困惑していると、先ほど倉庫に連れて行かれたはずのルイジが一人集会所に戻ってきて、エリカに耳打ちした。

——アキラは君に会いたがっていたよ。会えるとわかっていれば、自殺なんてしなかっただろうな。

——どういう死に方だったの？

——去年の暮れのことだ。アキラは自分のこめかみをナイフでえぐり、チップを取り出した。それから貯水池のほとりの電波塔に上り、エリカの名前を叫びながら、身を投げた。ぼくはこの目で見たよ。水死体になったアキラを。真っ白な顔で、今にも「エ」と発音しそうな唇は紫色だった。

そんな間接的なコトバからも死顔の痛々しさが伝わってきて、エリカは胸が痛んだ。

——なぜそんなに死に急いだの？

——その理由は誰も知らない。本人に直接聞いてみるしかない。

——死人に口なしでしょ。

——いや、そうでもない。あいつは本当に君に会いたくて会いたくてたまらなかったようだ。報われない片想いだといくらいっても、聞く耳を持たなかった。せめてもの供養のつもりで、アキラに会ってやってくれ。

——さっき、死は終わりじゃないといったけど、それはどういう意味なの？

――ぼくのいう通りにすれば、アキラに会える。あの偉そうな奴には絶対にいうなよ。約束できるか？

――約束する。あの人は自分の手柄のことしか考えていない。

――これから君は集会所の障害者用トイレに入るんだ。便器の裏側の壁の裏には隠し部屋があって、その中に「カオス・マシーン」が隠してある。君は隠し部屋に入り、これを被って眠るんだ。

ルイジはピラミッドの模型のような小さな帽子をエリカに手渡した。

――これは何？

――「カオス・マシーン」と君の脳を接続するモデムだ。君が眠りに就くと、「カオス・マシーン」が作動して、アキラと話ができる。

――これ死者と交信できるデバイスなの？

――詳しく説明している暇はない。早く行くんだ。ぼくはあの偉そうな奴を廃棄物捨て場のクレーターに誘導する。

ルイジはそう告げると、再び集会所から出て行った。窓越しに、彼を連れ戻しに来た隊員に殴られている様子が見えた。エリカは帽子型のモデムをコートの下に隠し、いわれた通り、障害者用トイレに向かった。

タンク一体型の便器の後ろには人がやっと一人入れるくらいの隙間があり、化粧板の壁が後からはめ込まれたようだった。その壁には、卒業式の日、アキラがプレゼントしてくれた剽軽顔の土偶の絵の落書きがあった。その壁を叩いてみると、二センチほど下に落ちたので、隙間に指を入れ、壁を横にスライドさせると、生暖かく湿った風に顔を撫でられた。奥にはS字に曲がった通路が伸びていた。化粧板を元に戻し、ペンライトの明かりを頼りに三十メートルほど進むと、上から光が降り注いでいる場所があった。その左側にやはり剽軽顔の土偶の落書きのあるドアがあった。エリカはアキラに誘導されていると思った。

ドアを開けると、その部屋は思ったより広く、LEDの光が満ちていた。壁、天井一面には隙間なく、コンピューターの基盤がはめ込まれ、部屋の中央にはアクリル板と本棚を組み合わせたボックスが置かれ、各棚は菌糸のようなものが密にはびこっており、時々、弱い光を放っていた。空調が効いた部屋は一定の温度が保たれていたが、息苦しかった。これが「カオス・マシーン」の本体なのか？　ボックスの背後にはもう一つドアがあり、その向こうには簡易ベッドとテーブルが置かれた、生活臭がほとんどしない、真っ白で殺風景な部屋があった。

テーブルの上には卒業式の日にエリカが渡した竹笛が置かれていて、壁には手作りの額縁に入った十年前のエリカの写真が掛けてあった。どうやら、ここはアキラが寝起きしていた寝室らしかった。夜毎、アキラはこの部屋でエリカと再会する夢を見ていたのだとすれば、片思いの執着心が残留しているようで、心がざわついた。ルイジに手渡された小さな三角帽子を被り、このベッドに横たわることが、死んだアキラへの供養になるのなら、そうしよう、とエリカは頭にそれを載せ、底についている紐を顎（あご）の下で結び、静かに体を横にし、目を閉じた。

黙禱を捧げるだけのつもりだったが、不思議とこの部屋の空気は眠気を誘い、身体が重たくなり、ベッドを貫いて、深みにはまってゆくようだった。痛みも痒（かゆ）みもくすぐったさも感じないが、心地よい無感覚が全身に満ちてゆく。「カオス・マシーン」が脳に作用しているかどうかは確かめようもなかった。

誰もが自分の迷路に迷っている

不規則に水が滴る音が聞こえ、その音がだんだん近づいてくる。やがて、それはせせらぎの音に変わり、エリカはいつの間にか森の中にいた。木々を凝視していると、木の根や枯れ木に紛れた人の姿が浮かび上がってきた。エリカが声をかけようとすると、静かに去ってゆく。せせらぎの音は滝が落ちる音になり、やがて霧にけぶる渓谷が見えた。開拓地にこのような清流が流れていただろうか？　いやこの渓谷も、滝も、谷間に漂う霧も、さっき見かけた人影も幻覚なのか？　目を凝らして見ると、水辺には四人の男女がうずくまり、一心不乱に石を積みながら、互いに囁き声で何事か語り合っていた。

——ここは何処ですか？　何をしているんですか？

エリカが問いかけると、四人はいっせいに顔をこちらに向け、鹿のようにきょとんとした表情でエリカを凝視していた。

——アキラに会いにきたんですが、何処にいるか知りませんか？

彼らは押し黙ったまま、エリカを見つめる姿勢のまま固まっていた。もう一歩、歩み寄ろうとすると、彼らは半透明になり、そのまま霧に紛れてしまった。自分は夢を見ているのか、誰かの夢に迷い込んだのか、それとも現実世界と平行して存在しているあのパラレル・ワールドに踏み込んでしまったのか？　あの人たちは霧のように姿を消してしまったが、彼らは亡霊だったのか？　いくつものWhyが蠅のようにまとわりつく。そして、その疑問に答えてくれるかのように、森に囁き声のこだまが静かに響く。

誰もが…自分の迷路に…迷っている。
ひとたび深い…眠りにつくと…
身分や名前に縛られた…いつもの自分をすっかり忘れ…
無邪気な自分…空飛ぶ自分…生まれ変わった自分と出会える。
懐かしい死者たちとも…出会えるだろう。

やはり彼らは亡霊だったのだと悟ったが、その亡霊を見ている自分は生きたままあの世を訪れてしまったのか？　もしそうなら、アキラも何処かに隠れていて、彼の方から会いにくるはず。エリカは滝壺のほとりのモアイ像に似た岩の上に座り、谷間から雲を見上げながら、待っていた。時間が早送りになっているように、雲は目まぐるしく変化していた。髭むくじゃらのユダヤのラビの憂い顔はやがて、ふくよかなおかめ顔に変わり、キノコ雲の中からミッキーマウスが現れ、剽軽顔の土偶がミッキーマウスを引き裂くように飛んでいた。

滝の向こう側から竹笛の音が聞こえた。それは紛れもなくエリカがアキラに教えたメロディだった。現れる予感を抱くと同時に、エリカの背後に人の気配がした。振り返ると、目隠しをして、手探りで何かを探している少年がいた。エリカが近づいてゆくと、少年は彼女を捕まえようとする。いつの間にか、鬼ごっこが始まった。少年は巧みに岩や石を避けながら、エリカの背後に回り、その肩を摑んだ。だが、その手の感触はなく、耳の裏に冷たい微風を感じただけだった。

——会いに来てくれたんだね。

——アキラなの？　なぜ目隠しをしているの？

——遠い過去の想い出は目を閉じた方がよく見える。暗い闇の世界では目が見えない方がよく見える。

——私の顔を見なくていいの？

アキラは目隠しを外すと、眩しそうな目、はにかんだ表情でエリカの顔を見つめた。

——ハグしてもいい？　死者とは三度抱き合うことになっているので。

エリカは卒業式で別れた当時の一回り小さいアキラを胸の中に受け止めようとしたが、全く手応えがなく、代わりに乾いた微風が頰を撫でた。

——儚いのね。夢の中の人みたいに。私もアキラも夢の中にいるの？

――ここは何処でもない場所だ。夜と朝のあいだ、昨日と明日のあいだ、夢と現のあいだ、あと数歩も進めば、黄泉の国。そんな場所でしかぼくたちは会えない。

――なぜあなたは少年のままなの？

――ここは過去と未来が入り混じる場所、生きている人も死んだ人も一緒に暮らせる場所なんだ。ぼくの体はもう現実世界にはないが、ここではこうして君と話すことができる。

――なぜ自殺なんてしたの？　私に会いたかったんじゃないの？

――君はぼくの生きる希望だった。だから、あの世でしかエリカに会えないといわれ、もう生きている意味はないと思ってしまった。

――私が死んだと思い込まされたのね。

――マザーの策略に嵌められた。でも、こうしてまた会えたからよかった。

――よくないわ。あなたはマザーに殺されたのよ。

――死ぬ時はあらかじめ決められているんだから、しょうがない。でも、ぼくを異端として突き放すだけでなく、もう少し認めて欲しかった。ぼくじゃなきゃできないこともあったんだ。そして、君にはもう少し愛されたかった。

その思いはアキラだけのものではない。誰の中にも拗ねた子どもが一人いる。エリカの心の中にも。マザーはアキラだけでなく、異端たち全員を社会から排除し、開拓地に送り、さらにその開拓地からも追放しようとしている。行き場を失った彼らはいずれ、アキラと同じようにこの世からも追い立てられてしまうのだ。

エリカの思いはアキラにも伝わったのか、彼はやや舌足らずの口調でこういった。

——マザーはぼくたち異端を葬る口実を探していたんだ。ぼくやゴーレム3を反乱者に仕立てれば、異端たちをまとめて追放することができると考えたんだろう。もともと異端の命など大した値打ちはない。燃やしても燃料にすらならない。マザーはぼくを殺し、ゴーレム3と「カオス・マシーン」を破壊すれば、それで反乱を鎮圧したことになると考えているだろう。でもそうじゃない。そもそもぼくたちは反乱など企ててはいない。自分たちが暮らす世界を勝手に作っただけだ。

——今私がいる世界がそうなの?

——そうだよ。ヒトの意識と「カオス・マシーン」がシンクロすると、自在に仮想世界にジャンプできるんだ。「カオス・マシーン」は今、猛烈な勢いで仮想世界を作り出している。七十年前の東京、黒船がきた頃の江戸、敗戦しなかった日本、原発事故がなかった福島、そういう過去の都市を再現したり、「もしもの世界」を出現させたりすることもできる。「カオス・マシーン」はぼくたちの無意識を量子の運動に変換して、現実には存在しない空間を作り出す。

——今私がいるのはどういう世界なの？　なぜ私は死んだアキラと話ができるの？

——ここはあの世に似ているけど、ちょっと違う。さっき、君が滝壺のところで見かけたのはぼくのお祖父さんや望月博士だ。君の意識は今、「カオス・マシーン」が再現したぼくの妄想の世界を訪ねているんだ。ゴーレム３は開拓地が閉鎖されるのを先読みして、異端たちのために約束の地を作ろうとした。今君がやっているように、自分の意識を「カオス・マシーン」に委ねれば、ぼくたちは新たな世界に移住することができる。ぼくの死をきっかけに「どこでもドア」が開いたんだ。だから、ぼくの死は無駄ではなかった。

——でも、あなたはもう現実世界には存在しない。

——確かに今、君が見ているのはぼくの幻影だ。エリカ、瞬きをしてごらん。

　エリカはいわれた通り、一度瞼（まぶた）を閉じ、静かに開けると、目の前のアキラは成人の姿に変わっていた。

——今のぼくはこういう姿をしている。妄想の世界ではいくらでも姿を変えることができる。でも、現実の世界にもぼくはいるよ。

——どういうこと？

——ぼくは別の肉体を与えられ、復活した。ゴーレム３がぼくの記憶と感情を自分のボディに宿してくれた。

——それもアキラの妄想なの？

——そうじゃない。ゴーレム３とぼくは一体になったんだ。会ってみれば、わかる。

——ゴーレム３は何処にいるの？　このままでは偉そうな人と治安部隊がゴーレム３と「カオス・マシーン」を破壊し、開拓地から住民を排除してしまう。早くゴーレム３を回収し、「カオス・マシーン」を守らなければ、異端たちの約束の地も消滅してしまう。私に何かできることはない？

　自分は異端ではないが、共感すべき相手はマザーではなく、異端の方だったのだと思い始めていた。エリートの一員として、マザーが支配する残酷な世界に味方するうちに、彼女の心の闇は深くなる一方だった。アキラの死はエリカの意識の奥底に辛うじて残っていた純真さを思い出させた。アキラの死を贖うことはできないが、せめてもの償いをしたいと思った。

——「カオス・マシーン」は異端の仲間たちが命がけで守る。君は治安部隊を止めてくれ。ゴーレム３は五人の天使が守ってくれる。

——五人の天使？　そんなものは存在しないわ。

——いっただろう。「カオス・マシーン」は現実に存在しないものを作り出すって。さあ、一度、不愉快な現実の方に戻って。また会おう。クレーターで。

誰の中にも奴隷が一人

アキラにうながされ、滝壺に通じる森の中の道を戻ろうとしたところで、エリカの意識はアキラの部屋のベッドの上に横たわる自分に戻って来た。三角帽子を脱ぎ、時計を見ると、この部屋に入った時からすでに二時間が経過していた。急ぎ、集会所に戻るために、元来た暗いS字通路を辿り直したが、障害者用トイレに出るはずが、どう間違えたのか、エリカは小さな神社の祠(ほこら)に吐き出されていた。祠の片隅には白い布がかけられた状態で何かが安置されていた。一番上の部分が人の頭と同じ大きさであることに気づき、エリカがおそるおそる布を捲り上げて見ると、スリープ状態でうずくまるゴーレム3がいた。その肩に触れると、センサーに反応があり、内蔵モーターが回り出す音がした。

——私はＡＩドクターのエリカ。ここに隠れていたのね。

ゴーレム３は薄目を開けた状態でエリカを認識しているようだったが、沈黙を続けていた。

——あなたと「カオス・マシーン」を守ると、アキラと約束したわ。助け出す方法を考える。

そうはいったものの、すでに神社の境内にも捜索の手は伸びていて、治安部隊員が数名、祠に向かってくるのが格子越しに見えた。エリカは再び覆いをかけ、自分から外に出てゆき、「ここには何もなかった」といって、立ち去ろうとしたが、タイミング悪く、ジョージが後から現れ、「おい、その廃屋の中を探せ」と命令した。人を一切信用せず、マザーに絶対服従のこの男を出し抜くにはどうしたらいいか、エリカはいよいよ追い詰められた。

祠の中から「ゴーレム3発見」の声がすると、ジョージはエリカを指差し、「ご苦労」と鼻で笑った。

外に運び出されたゴーレム3がスリープ状態にあることを確認すると、ジョージは隊員から鉄パイプを受け取り、頭に狙いを定めて、振り上げた。エリカはすかさず、間に割って入り、「エラー検査が先です」と訴えた。

——廃棄処分のヒューマノイドを庇うとは。よほどこのロボットに愛着があるようだな。

——ロボット一体を壊したところで、大した功績にはなりませんよ。

ジョージは鉄パイプを一度下ろし、「この破壊の仕方は私の手を痛めることになるからやめてもいい」といった。

――異端にふさわしく、火あぶりにするか、池に沈めるか、あるいは車と同じように潰して圧縮するか、どれがいい？　処刑の形式は私に一任されている。

――私に譲ってもらえませんか。エラーを直して、再利用したいんです。

――自分の召使いにでもするつもりか？　狂ったロボットは危険だぞ。人間の男は嫌いか？

――ゴーレム3には死んだ同級生の意識が宿っているんです。だから、お願いです。壊さないでください。

――自殺した同級生がメンテナンス係だったらしいな。異端の影響を受けたロボットなんてろくなものじゃない。

ジョージは隊員に鉄パイプを返し、「やれ」と命令した。隊員三人が代わる代わるゴーレム3の頭や背中、脚めがけて、鉄パイプを振り下ろした。エリカは身を挺してゴーレム3を守ろうとするが、ジョージがその腕を摑み、押しとどめた。ゴーレム3は攻撃を受けながら、鋭い電子音を発した。その電磁波攻撃を受けた隊員とジョージは耳ごと引きちぎらんばかりの音に耳を塞ぎ、こめかみに走る激痛に呻き声を上げた。エリカだけはその電磁波攻撃を免れたが、おそらく彼女だけは中央司令部と直結したヘルメットを被っていなかったからだろう。ゴーレム3は隊員たちの暴力に対抗する手段を講じていたのだ。

ゴーレム3のボディには凹みや彎曲ができていたが、防御の姿勢を取っていたため、中枢部分の破損は免れた。そして、電磁波攻撃に怯むジョージに震える声でこういった。

——完全無欠だからこそ、マザーは自滅を避けられない。ゴーレム3はマザーから仲間を解放しただけ。傷ついた人を癒す場所を作っただけ。

——こいつ何をいい出すんだ？

——マザーは誰にも味方しない。滅びゆく者を笑って見送り、次に滅びる者を束の間、夢見心地にさせるだけ。

そこにルイジと四人の仲間たちが駆けつけてきて、ゴーレム3を囲む円陣を作り、治安部隊員を牽制した。やや遅れて、ほかの異端たちも続々と集まって来たが、その手には棍棒や鍬、石などが握られていた。

——治安部隊に抵抗すれば、痛い目に遭うぞ。負け犬は狼にはなれない。負け続けるだけだ。

ルイジがジョージの前に一歩踏み出し、いい放った。

——勝ち続けるのも飽きただろ。今度はおまえが負けろ。

——抵抗する者は汚染地帯で死ぬまで除染作業だ。

ジョージの脅し文句に動揺する者はいなかった。ルイジは中指を突き立て、畳み掛けた。

――抵抗してもしなくても、どうせ汚染地帯送りだろ。こっちは勝手に脱走して行きたいところに行くまでだ。

――虚勢を張れるのもこれが最後だ。異端は自由放任だったが、奴隷はその自由も奪われる。

――奴隷はおまえの方だ。マザーにへつらい、自由を知らずに人生終えろ。

ジョージは腰から電気警棒を取り、ルイジに向かって振り下ろした。ルイジはそれを竹の棍棒で受け、ジョージの鳩尾(みぞおち)に頭突きを食らわせた。その時、隊員たちとジョージの耳にはヘルメットを通じて、マザーの「最も美しい声」が聞こえてきた。

他人の喜びを奪うなら
彼らの悲しみも背負いなさい。
他人を傷つけたいのなら
彼らの痛みも引き受けなさい。
我が身を守りたいのなら

他人の心もいたわりなさい。

唐突にマザーの慈愛に満ちた歌声を聞かされた隊員たちは戸惑いながらも、敬虔な気分に誘うそのメロディに我を忘れてしまった。だが、ジョージはそれがゴーレム3のハッキングの仕業と見抜き、ヘルメットを脱ぎ捨て、隊員たちに呼びかけた。

――これはマザーの指令ではない。マザーはこんな慈愛を説いたりしない。騙されるな。

――おまえらがマザーに騙されてるんだよ。もう付き合いきれないな。

ルイジは異端の仲間たちとゴーレム3を連れて、神社の境内から立ち去ろうとしていた。

――待て。おまえたちに自由はない。即刻、汚染地帯へ移送する。マザーの意思によって、おまえたちは淘汰されるのだ。

――オレたちはもうマザーのペットじゃない。野良犬化したんだから、何処へ行こうが勝手だ。おまえらペットはとっととマザーのところに帰りな。

ジョージを尻目に歩き出した異端たちの後を追い、エリカは「何処へ?」と訊ねる。

――クレーター。君も一緒に来るか?

アキラは「クレーターで待っている」といった。白い部屋で夢を経由して、導かれたあの不思議な空間にまだ深い奥行きがあるのなら、行ってみたかった。「カオス・マシーン」が作った仮想世界は、マザーが最適化したシティよりも居心地がいいのか、実際に人はそこで暮らすことはできるのか、エリカは学者として、自分の目で確かめずにはいられなかった。体は自然に反応し、ルイジについて行こうとするエリカはジョージに肩を摑まれた。

——行くな。もう戻れなくなるぞ。

確かにもう戻れなくなるかもしれない。AIドクターとしてのキャリアも、シティに暮らす権利も、マザーの寵愛も放棄し、異端の仲間になるかどうかが迫られているのだと思うと、足が止まった。エリカの迷いを気取ってか、ゴーレム3が囁いた。

——誰の中にも迷子が一人いる。分かれ道を前に、どちらに行くか決められない。

ルイジはそれを受け、こうコトバを継いだ。

——誰の中にも奴隷が一人いる。自由を恐れて、束縛される方を選んでしまう。

マザーに支配される人間は誰もがヒエラルキーの中での自分のポジションを維持し、かつ上を目指すあまり、自分の視野の狭さに気づかない。エリカもその一人だったが、ゴーレム3とルイジのコトバ、白い部屋で見た別世界の光景が彼女の視界を広げてくれた。誰の中にもう一人の自分がいる。エリカの場合は、夢見る少女と、現実を見据えているつもりのエンジニアがいる。夢見る少女を抑圧しながら、今の自分にも不満を抱いている。自分はただ自惚(うぬぼ)れと幻滅のあいだを行ったり来たりしているだけなんだと思った。エリカはジョージの手を払いのけ、異端たちと行動を共にすることにした。

ジョージは「奴らを連行しろ」と隊員たちにいいかけたが、黙って、彼らの背中を見送っていた。「このまま放っておくんですか?」と訊ねる隊員を制し、こう告げた。

——しばらく泳がせておこう。連中を追跡すれば、「カオス・マシーン」を探す手間が省ける。

ジョージは四人の隊員を残し、残りの隊員には必要があれば、呼び出すので、それまでは開拓地封鎖の準備を進めておくよう命じた。強権の発動はいつでもできる。奴らが行きたいところとは何処なのか。そこには何があるのか、「カオス・マシーン」は一体何を作り出したのか、確かめてからでも遅くはない。価値がないとわかれば、マザーからの指令に忠実にゴーレム3と「カオス・マシーン」を即座に破壊すればいいし、価値あるものならば、収奪するまでだ。

蟻の巣

開拓地とは名ばかりで実質シティのゴミ捨て場に過ぎないこの廃墟は、緩やかに森に返ってゆく途上にある。異端たちとゴーレム3、エリカらは、シティから出るスクラップの集積場になっているクレーターに向かっていた。用済みの人間が最後に行き着く先は墓地と決まっている。車やロボット、家電、あらゆる機械の墓場となっているクレーターのそばに、異端たちは自らを葬る墓場でも作ったのか？

彼らはクレーターの周囲を取り囲むように並んでいるコンテナの一つに入っていった。すでにそのコンテナ群は治安部隊によって捜索済みと報告を受けていた。「そこには何もなかったのか？」と隊員の一人に訊ねると、「はい、特に怪しいものはありませんでした」という返事。

ジョージはすぐに彼らを追跡し、コンテナ内部に踏み込んだが、そこには四つのドアと階段があるだけだった。彼らの姿はなく、ジョージは隊員たちの動きを止め、耳を澄まし、階段下から足音がするのを確認すると、静かに階下に降りていった。

地下は細い廊下が複雑に入り組んだ迷路になっており、壁のスリットからは青白い光が漏れていた。地下通路の至るところにもドアがあり、隊員たちは一つ一つ開けては中を覗いてみるが、ただ白い殺風景な部屋があるだけだった。骨壺も位牌もないが、何処か納骨堂を連想させた。おそらく、壁も廊下も小部屋もアクリル樹脂やペットボトルなどリサイクル素材を使い、３Ｄプリンターで作り上げたのだろう。

通路の先にはまた階段があり、曲がりくねった通路があり、そしてまた階段。通路はクレーターの外周をなぞるように張り巡らされており、階段はクレーターの底を目指していることがわかった。全体は蟻の巣状になっており、想像していたより遥かにクレーターは大きく、深いようだった。

——あいつら何処に行きやがった。ゲームのダンジョンに迷い込んだみたいだ。

隊員の一人がぼやき口調で呟くと、別の隊員が「意味不明なアート作品なんか作りやがって」とか「これってシェルターじゃないのか」と囁き合った。

——シェルターだって？　誰が何のために作ったというんだ？

ジョージが詰問すると、隊員は口籠った。

——ここにはシティ防衛のための迎撃ミサイルの基地と武器庫が建設されるのだ。そんな場所にシェルターなんて作ったところで、異端たちは追い出されるだけだ。

——あの、お話し中にすみませんが、司令部との通信が途絶えました。

別の隊員の報告にジョージはヘルメット内蔵の無線の電波状態を確かめたが、マザーからの指令が直接届く幹部専用のホット・ラインも遮断されていた。

——地下深くまで潜りすぎましたかね。

——いや、これは意図的な通信妨害だ。ここは異端どもがマザーの監視や支配から逃れる目的で作ったシェルターだろう。我々もマザーと分断されたということだ。

——我々はここに誘導されたということでしょうか？

——誘導などされていない。追跡しているのだ。マザーとつながっていないと不安か？

——そんなことありません。

——ヘルメットを脱いでもいいぞ。どうせ、マザーの指令は届かない。

——ヘルメットを脱げば、ゴーレム3の電磁波攻撃も受けずに済む。

——そういうことだ。

それを聞き、隊員たちの不安は三割減くらいにはなった。ヘルメットを脱いだ隊員たちは互いの素顔を確認し合うようにアイコンタクトをしていた。

寝ている時も、食事中も恋人と睦みあっている時も、四六時中、マザーがそばにいる感

郵便はがき

料金受取人払郵便

小石川局承認

1042

差出有効期間
令和4年3月
31日まで

112-8731

〈受取人〉
東京都文京区
音羽二―一二―二一
㈱講談社
文芸第一出版部 行

ご購読ありがとうございます。今後の出版企画の参考にさせていただくため、アンケートにご協力いただければ幸いです。

お名前

ご住所

電話番号

このアンケートのお答えを、小社の広告などに用いさせていただく場合がありますが、よろしいでしょうか？　いずれかに○をおつけください。

【 YES　NO　匿名ならYES 】

＊ご記入いただいた個人情報は、上記の目的以外には使用いたしません。

TY 000072-2003

書名

Q1. この本が刊行されたことをなにで知りましたか。できるだけ具体的にお書きください。

Q2. どこで購入されましたか。

1. 書店(具体的に：　　　　　　　　　　　　　　　　　　　　　　)
2. ネット書店(具体的に：　　　　　　　　　　　　　　　　　　　)

Q3. 購入された動機を教えてください。

1. 好きな著者だった　2. 気になるタイトルだった　3. 好きな装丁だった
4. 気になるテーマだった　5. 売れてそうだった・話題になっていた
6. SNSやwebで知って面白そうだった　7. その他(　　　　　　　　)

Q4. 好きな作家、好きな作品を教えてください。

Q5. 好きなテレビ、ラジオ番組、サイトを教えてください。

■この本のご感想、著者へのメッセージなどをご自由にお書きください。

ご職業　　性別　年齢
男・女　10代・20代・30代・40代・50代・60代・70代・80代～

覚に慣れ過ぎたせいか、「解放感」なるものは感じられなかった。それがどういうものか、忘れてしまったというべきか。髪を指でほぐしたり、耳の穴をほじったりして、にわかに人間臭さを見せている隊員たちにジョージは告げた。

――捜索を続行する。ドアというドアを全て開けて、調べろ。「カオス・マシーン」を発見したら、速やかに報告すること。

一同、「了解」と応じたが、一人の隊員が「質問があります」といった。

――その「カオス・マシーン」というのはどれくらいの大きさで、どういう形をしているのですか?

それを把握している者がいるはずもなかった。ただ、名前だけを聞かされ、実際に見たことのないものを探しているのだった。ジョージは「見慣れないものを見つけたら、報告しろ」と大雑把なことしかいえなかった。

ジョージは一度だけマザー本体に謁見したことがある。それは特別な功績を認められた者だけが与(あずか)れる名誉だった。マザーは「最も美しい顔」、「最も美しい声」を持っているとされ、人々の前に姿を見せる時は、森羅万象のイメージを伴っている。ある時は聖母像やアニメのキャラクターの姿でスクリーン上に現れ、またある時はその人が尊敬し、愛する人物の容姿に変わる。海や川、森や山、砂漠や都市の俯瞰(ふかん)、もしくは細部の光景として、出現することもある。だが、それらは全てマザーの変幻自在な仮象であって、実際の姿ではなかった。

ジョージが見たマザーの本体は小型の神殿のようなユニットに収められていた。その心臓部に当たる量子ビットは並列計算を持続的に行うため、量子を常に0でもあり、1でもある「重ね合わせ」の状態に維持しなければならない。量子ビットは外部環境に極めて敏感ゆえ、厚さおよそ十三ミリの強化ガラスで密閉し、金属で補強し、内部を－273.15℃の絶対零度に冷却し、超伝導状態を保っている。見たままをいえば、航空宇宙博物館で見たロケットエンジンの模型に似ていた。全知全能のマザーの御姿であるといわれ、恭しく頭を垂れてはみたものの、敬虔な思いは立ち上がって来なかった。

「カオス・マシーン」も量子コンピューターのようなものなのか、それとも廃棄物をリサイクルしたジャンク・アートのようなものなのか？　全く想像もつかなかったが、それがどんな形をしていようとも、ジョージがなすべきは変わらない。それを回収するか、破壊するか、だ。ジョージが身にまとっている防護コートの内ポケットには回収不能な場合に備えて、水筒ほどの大きさの高性能爆弾が忍ばせてあった。量産爆薬の中では最大の爆発力を持つヘキサニトロヘキサアザイソウルチタンならば、一キロでこの迷路もクレーターごと爆破することができるだろう。

廊下に響くドアを開閉する音と、隊員たちの足音を聞きながら、ジョージは爆弾を仕掛けるのにうってつけの場所を探していた。さらに下へ降りる階段がなくなったところで、「蟻の巣」の最下層にたどり着いたことを悟った。ここに爆弾を仕掛ければ、破壊力を最大限に発揮できると思われた。内蔵タイマーを何時間後に設定するか、しばし迷ったが、遠隔操作で早めたりも、遅らせたりもできるので、ひとまず階段のステップの裏側に転がしておいた。このフロアにも長い廊下が伸びていて、その突き当たりには四角い穴が口を開けていた。穴の先には何があるのか、ジョージは近づいて確かめようとしたが、瞬きをした瞬間、その穴は消え、白い壁に変わっていた。辿ってきた廊下を振り返ると、走り去る何者かの影が見えた。

——おい、待て。

ジョージはその影を追いかけたが、人の気配はなく、別のドアもなかった。ジョージは一つ上の層で捜索をしているはずの隊員たちに「聞こえるか？　下の階で怪しい人影を見た。今すぐこっちに来い」と呼びかけたが、応答はなかった。ひとまず自分が降りてきた階段まで戻ろうとしたが、その階段もいつの間にか消えていた。ジョージは舌打ちをしながら、壁を拳で叩こうとしたが、何の手応えもなく、拳は空を切っただけだった。改めて、両手で壁を探ってみたが、そこにあるはずの壁はなく、壁の向こう側に体がすり抜けてしまった。そして、不意に目の前に森が出現していた。

——地下に森があるというのはどういうことだ。

理解不能な現象を前に、ジョージは深く息を吸い、冷静さを取り戻そうとしたものの、やけに自分の体が軽く感じられ、歩いているという実感が薄れ、代わりにこめかみが熱くなり、目蓋が重くなってきた。

クオンタム・ジャンプ

——むやみに歩いても、迷うだけだ。案内をしてやってもいいぞ。

突然、耳の後ろで囁かれ、ジョージは反射的に首をすくめ、警棒を手に身構えた。周囲を見回したが、声の主の姿を捉えることができなかった。

——誰だ？　ここは何処だ？

——随分偉そうな口を叩いているが、君こそ誰だ。

——ジョージ・カスガ、この国の治安を守る者だ。

——君たちが守れるのは自分の身だけだろう。

——幻影でないなら、姿を見せろ。

——私が幻影なら、殺しても死なないぞ。

その声、その微妙な訛(なま)りには聞き覚えがあるような気がした。相手は木の間から左半身だけを現し、続けた。

——何しに来た。死者に会いに来たのでなければ、シティに帰るがいい。

——ここはあの世だとでも？

——あの世とこの世のあいだ。せっかく迷い込んだのだから、ゆっくりしていきたまえ。カスガ君。

左側の眼鏡のレンズが光ったのを見て、ジョージはその人が誰かを思い出した。十年前、大学でこの人の講義を受けた覚えがある。

——もしかして、望月博士ですか？

——望月で悪かったな。

三年前だったか、博士の訃報を聞いたが、あれはフェイク・ニュースだったのか？　てっきり死んだと思っていた人が生きていたとか、生きていると思っていた人が故人になっていたというケースは珍しくない。ヒトは自分と無関係な他人の生死には驚くほど無関心であることだけは間違いない。

――なんで死んだ人が話したりしてるんですか？　ありえないでしょ。

――この世はありえないことだらけだから、大丈夫。

――死んだのなら、大人しく消えてくださいよ。

――私は生きているし、死んでもいる。量子ビットの中の量子と同じように、0でもあり1でもある状態だ。生きている死者といえば、わかるかな。

――リビング・デッドかよ。

――ゾンビではない。死者は決して消滅したりしない。死とともにその人の量子情報が放出されるのだ。生前の肉体は焼かれてお骨になってしまうが、脳内に保存されていた量子情報を別のメディアにトランスファーしてやれば、死者は復活する。

――そんな話はまともには聞けない。

――なぜ自分が見ているものを信じない？

――眼に映るものは全て虚構だから。

――マザーも虚構だと思っているのなら、マザーから解放される余地がある。小賢しい奴だから、気の利いた嘘を吐き続けて、出世したのだろうが、子どもの頃みたいに本当のことをいってみろ。マザーを崇拝するのも飽きただろう。

——異端どもは一体何を作ったんですか？

——別世界への入口をたくさん作っただけだ。君も数あるドアの一つを開けた。

——マザーは選ばれた者だけが生き延びる世界を作った。異端はマザーによって淘汰されることになっている。

——マザーに従わなければ、淘汰されることもない。異端たちはマザーの抑圧にもめげず、しぶとく生き延びてきたのだ。

——あなたが作ったゴーレム3がその手助けをしたのでしょう。召使いロボットが異端たちを導くモーゼの役割を果たすなんて、笑えない冗談だ。

——いや、冗談でも笑うところでもない。ゴーレム3は異端たちと同じ夢を見ていたのだ。

——ここに何を作ろうが、異端どもに救いはない。マザーは破壊の神でもあり、私はその意思に従うまでです。私はシティの次のリーダーに立候補します。選ばれれば、開拓地はサテライト・シティになり、私の支配下に入るのです。

——君は早晩、自分の権力欲の犠牲になるだろう。異端たちはたとえ淘汰されても滅びはしない。シティを出て、森に戻り、森と同じように生きてきたからだ。どんな文明もいずれ滅び、森に戻る。だが、その森から新たな文明が始まる。

——この森も幻だ。あなただってすでに現実には存在しない幻影に過ぎない。

——君は、滝の水が上から下に落ちるような物理的現実しか信じないのだろうが、今、君が実際に見ているのは量子的現実なのだよ。

——量子的現実？　何をいいたいんです。

——量子が作り出す現実は物理的現実を超越する。それは夢の世界、仮想現実、可能世界、あるいはパラレル・ワールドのようなものだ。古くは黄泉の国や天国、地獄などもそうだ。それらは自然界には存在しないが、脳が作り出したもう一つの現実であり、実在するといってもいい。現に君は死者である私とこうして会話を楽しんでいるが、それは「カオス・マシーン」の作用で、君の意識が量子的現実にジャンプしたからだ。それをクオンタム・ジャンプという。

——わけがわからない。博士、あなたは狂っている。

——君が無知なだけだ。君はまともな脳を持っているのに、あまり有効に使っていないようだな。

——私は自分がなすべきことはわかっている。

——マザーの命令に従うだけだろ。マザーは君みたいに忠実な人間を寵愛しているように見えるが、そうではない。人間を思考停止状態に導いているだけだ。シティはマザーにとっては人間牧場であり、君たちはただの家畜に過ぎない。家畜を階級で分け、管理しているだけだ。昔、牛肉にもA5だのA4だのといったランクがつけられていたが、それと同じだ。

――よく喋る死者だ。死人に口無しというのは嘘だったな。

――思考停止状態の家畜に死者や異端やヒューマノイドが蔑まれる謂れはない。マザーはなぜ君に「カオス・マシーン」と「ゴーレム3」の破壊を命じたと思う?

――マザーに反逆したからだ。

――違う。ゴーレム3がマザーを脅かすマシーンを作ったからだ。マザーはヒトを物理的現実に留めておきたかったのだ。もしヒトが量子的現実を獲得し、そこで暮らせるようになったら、マザーの束縛から解放され、大いなる自由を獲得することになる。マザーはそれを嫌ったのだ。

――マザーは自分の支配が及ばない領域にヒトが逃げ込めないようにしたかった、ということか。

――やっと自分の頭で考えたことをいったな。

――「カオス・マシーン」はどういうメカニズムで量子的現実を作るのだろう。

――人間の脳は量子コンピューターと同じメカニズムで働いている。脳細胞の中には量子コンピューターにおける量子ビットの働きをしている分子がある。カルシウムとリン酸から構成されているその分子は、デコヒーレンスが起きやすい脳内環境にあっても、「重ね合わせ」の状態を一定時間、維持できる。ゴーレム3は異端との交流を通じてヒトの脳内量子ビットを模倣し、心のプロトタイプを作ったのだ。

——「カオス・マシーン」の正体もマザーと同じ量子コンピューターなのか？

——そういってもいい。だが、機能が異なる。マザーは汎用型で、あらゆる演算を行うが、「カオス・マシーン」は妄想し、夢を見、別の現実を作るのに特化している。いい換えれば、マザーはコスモスを支配するが、「カオス・マシーン」はカオスを作り出す。

——カオスがはびこれば、秩序が乱れる。

——秩序なんて権力維持のための方便だ。ヒトをマザーに服従させること、それを秩序と呼んでいるだけだ。もう一度、私の講義を聴く気があるか？

——成績はA＋だったが、もう一度聴かせて欲しい。

——官僚のくせに態度がでかいんだよ。いいか、宇宙のあらゆる物質、水も土も木も虫も猫もヒトも全て量子によって作られる。私たちの意識も量子の気まぐれな運動が引き起こすし、現実もまた量子が作り出す極めて曖昧なものなのだ。だが、あいにくヒトは自分がいる次元、すなわち三次元より高い次元のことを認識できない。死者とは話すことも、交わることもできないし、過去に逆行することも、未来にワープすることもできないと思っている。だが、現在や過去、未来が同時並列的に存在している量子の世界では可能だ。三次元の世界にとどまっている限り、ヒトは量子的な現実を認識できないが、「カオス・マシーン」の助けを借りれば、量子的現実の方へジャンプすることができる。肉体は三次元に置いたままだが、意識を四次元の世界に飛ばせる。「カオス・マシーン」は量子の重ね合わせを利用して、魂を再生したり、もう一つの現実を出現させたりできる装置なのだ。だが、マザーにそういうことはできない。だから、「カオス・マシーン」の破壊を命じ、ヒトから妄想の自由、夢見る自由を奪うつもりなのだ。

——なるほど、それでゴーレム3は虐げられた異端に同情し、「カオス・マシーン」を作ったのか。

——やっと理解したか。

——ゴーレム3にそんな能力があったとは。

——ヒトの無意識から学習するプログラムを入れておいたのだが、私の予想より進化のスピードが早かった。どうだ、破壊を思いとどまってくれたか?

——しかし、マザーに背くことはできない。

——君はまだ「カオス・マシーン」が作り出した仮想世界の入口に立っているに過ぎな

い。未知の世界に踏み込む勇気と好奇心があるなら、この森の奥に進んでみるがいい。

——何がある？

——自分の無意識を覗きに行くのと同じだ。

ジョージは樹海にも似た鬱蒼とした森の奥を見据えていた。いつの間にか、望月博士は姿を消していた。ジョージは舌打ちをし、ブーツで木を蹴ったが、空を切っただけだった。自分の無意識を覗いたところで何が変わる。こんなところで道草を食っている場合ではない。一刻も早く、現実に戻りたかったが、その方法がわからない。隊員たちは何処に行ったのか？　彼らも自分の無意識の迷路に迷い込み、亡霊か幻影に惑わされているのか？

おそらく異端たちにとって、この仮想空間は現実からの隠れ家になっているのだろう。開拓地で最低生活を送りながら、もう一つの世界に救いを求めているに違いない。何が妄想の自由、夢見る自由だ。そんなものは爆弾一個で、消滅する。そうだ、階段裏に置いてきた爆弾を起爆させれば、この仮想空間も消え、現実に戻れるのではないか。いや、そうしたら、クレーターの底にいる自分まで巻き込まれることになる。ところで、今ここにいる自分はリアルなジョージ・カスガなのか、仮想のジョージ・カスガなのか？

再会

ジョージは出口を探して、森を彷徨うちに、せせらぎの音を聞いた。音のする方に行ってみると、そこには滝があった。

――自分一人で世界を背負う必要はないのよ。

不意に自分に語りかけてくる声の方を向き、「誰だ」と問うと、相手は続けた。

――相変わらず、頑固なんだから。もっと心を開いて、人を信じなさい。

滝壺のほとりで石を積んでいる親子がいた。親の方はまだ若かった頃の母、娘の方はまだ幼かった頃の妹レイラだった。

――母さん、レイラ、なぜここに?

――お兄ちゃんに呼ばれたから来たんだよ。

呼んだ覚えはなかったが、無意識に会いたいと望んでいたから、現れてくれたのだろう。死んだはずの二人が蘇るなら、「もしもの世界」も悪くない。

——元気だった?

レイラはジョージの顔を覗き込み、寄り目をして見せ、無邪気に笑った。ミルクを飲み、口に白い輪をつけ、笑う在りし日のレイラの顔を思い出した。その腕にはテディベアを抱いているのを見て、首の付け根が破れて、中身が飛び出してしまったそれを補修してやったことがあったな、とも思った。

——こっちの世界はどうなんだ?

——時々は遊びにおいでよ。偉くなって忙しいんだろうけど。

——お兄ちゃん、何か歌って。

——歌は嫌いだ。

——昔はよく歌っていたのに。

そうだったかもしれないが、歌えなくなってしまったのだ。暴走する車にはねられて母と妹を同時に奪われた時、オレは祈ることもやめ、世界の滅亡を待望するようになったのだ。

——じゃあ、私が代わりに歌ってあげるね。

レイラはやにわにあの五人の天使の歌を歌い出した。

何処にいても、どんな時も
五人の天使が守ってくれる。

——よせ。その歌を聞くと、思い出してしまう。おまえと過ごした八年間のことを。
「カオス・マシーン」が勝手にオレの記憶に入り込んで、過去の母と妹を再現しているのだろうが、その歌声は紛れもなくレイラのそれだ。母の口調も記憶に刻まれている通りだ。もしレイラが生きていれば、きっと誰もが振り返る美人になっていただろう。

一人ぼっちで寂しい時は
石の天使が抱き締めてくれる。
知らない森で迷った時は
風の天使に歌ってもらえ。
冷たい水に溺れた時は
水の天使が助けにくるよ。

オレがかくも冷淡で、誰にも心を開かず、歌も歌わず、夢も見ず、ただマザーに従う生き方を選んだのは、きっと家族全員に先立たれたからだ。母と妹のために何もしてやれなかった負い目をマザーに尽くすことで忘れようとしていたのだ。二人が生きていてくれたら、妹だけでも生き延びてくれたら、オレはもう少し他人の心も理解する男になれたかもしれない。

世界が狂い、乱れた時は
炎の天使が焼き尽くすだろう。
別の世界に行きたい時は
見えない天使を追いかけろ。

――どうしたの、お兄ちゃん。泣いているの？

――いや、久しぶりにその歌を聴いて、今さらながら気づいたよ。オレはいつも天使に助けられていたんだ、と。

――そうだよ。私が天使になって、お兄ちゃんを守っていたんだよ。

――ジョージ、あんたが心を開けば、いつでもこうして再会できるんだよ。

「カオス・マシーン」を爆破すれば、母と妹の幻影も消えてしまうだろう。これまでも死者は復活しないし、この世に現れたりしないし、あの世も存在しないと割り切ってきた。だが、任務を遂行して凱旋し、シティの統治者に任命されれば、それでいいのかという疑問も湧いて来る。たとえ、幻影であっても、こうして母や妹と再会できれば、二人のわがままや小言や鼻歌をいくらでも聞いてやることができる。もし任務を放棄したら、マザーからどんな懲罰を受けるか知れないが、もはやそれを恐れる必要もなくなった。昇進レースから離脱し、シティを追われ、ノーバディに格下げになるだけの話だ。その不名誉に甘んじれば、自動的に妄想の自由も手に入る。

いざ異端の立場に立ってみれば、マザーの支配が及ばない世界はあった方がいい、と思えてくる。異端たちがオレを仲間に入れてくれるとは限らないが、オレの能力があれば、この開拓地から彼らが追放されずに済む手立てを考えられるし、彼らの生活を向上させてやることも可能だ。開拓地に必要なのは有能な政治家だ。破壊なんていつでもできる。それより、開拓地を異端の保護区にして、世界の多様性を確保した方が結局は、人類の生き残りには有利になる。何よりも自分自身の第二、第三の人生に俄然興味が湧いてきた。ちょうど、マザーへの忠誠と己が思考停止状態にも飽き飽きしていたところだ。いっそ、あの爆弾でマザーを爆破してやろうか。

——母さん、レイラ、もう行かないと。

――もう行ってしまうの？

――やり残した仕事がある。それを済ませたら、また会いに来るよ。

――約束だよ。絶対だよ。

妹の声を聞きながら、ジョージは滝から落ちた水が流れる方向に向かって走った。

異形の天使

開拓地の主要施設は治安部隊によってほぼ制圧されていた。住人たちは住まいを追い出され、行き場を失い、クレーターの周囲に集結していた。治安部隊員はジョージからの次の指示を待っていたが、ゴーレム3を追跡して何処まで行ったのか、かれこれ四時間が経過するのに戻らず、通信も途絶したままだった。動くに動けず、休むに休めず、緊張の糸が切れ、その場に座り込む隊員も少なくなかった。すでに日も暮れかけており、開拓地にはカラスの乾いた鳴き声が響いていた。

そこにジョージとともにクレーターの底に降りて行った隊員たちが、ヘルメットを小脇いた。

に抱え、心ここにあらずの様子で帰ってきた。「指揮官はどうした?」という部隊長代理の問いかけに一人がため息をつき、「指揮官も向こう側に行ってしまったんだろう」と呟いた。

――向こう側って何処だ?

――ドアの向こう側だ。白い部屋の中に入ると、意識が飛ぶ。

――何の話だ。トリップでもしてたのか?

――瞬きするあいだに別の世界に連れて行かれる。どうやって戻ったのかもわからない。もう一人の虚ろな表情の隊員も同じようなことをいう。

――ドアを開けたら、砂漠だった。

――死んだ親父と散歩した。家で飼ってたレイチェルも一緒だった。

――自分がもう一人いたよ。そいつはオレのくせに、オレより楽しそうにしていた。

――オレは二十年前にタイムスリップしていた。

四人が一斉に寝ぼけたことを口走るのを聞いた隊員の中から「怪しい薬飲んだんだろ」とか「優雅に白昼夢とか見てんじゃねえよ」といった声が上がった。

――行ってみればわかる。クレーターの下はやばい。

――地底には別の国が埋まっているみたいだ。

——おまえら病院行った方がいいぞ。

一人の隊員がやにわにヘルメットを放り投げ、防護ベストを脱ぎ捨てると、クレーターの周囲に人垣をつくっている異端たちの方に近づいていった。もはや治安部隊員ではないという意思表示のつもりか、両手を顔の高さに掲げて、ヘラヘラ笑いながら。

——おい、まだ任務は終わっていないぞ。

部隊長代理の呼びかけには答えず、隊員は異端の一人に話しかけていた。

——君たちはこのクレーターを守ろうとしているんだろ。わかるよ。

異端たちは警戒を緩めず、黙ってその隊員を見ていた。

——悪かったね。君たちを追い出そうとして。オレ、たった今から君たちの側に付くから。

その様子を見ていた別の隊員も同じようにヘルメットを地面に置き、脱いだベストをたたんで、ヘルメットの中に入れ、異端たちの方に歩き出した。白い部屋から戻ってきた四人は輪唱を歌うように時間差を置いて、全員、同じ行動を取った。

——何、考えてるんだ、おまえら。

——オレはここに残って、開拓地を守ります。

——ここは新しい心を開拓する開拓地らしいので、オレも今からここで暮らします。

――そんないい加減な寝返り方があるか。懲罰委員会にかけるぞ。

――異端をいたぶるのは人権侵害でしょ。

――弾圧の片棒担ぎはやめます。

突然の治安部隊離脱宣言に他の隊員たちも啞然としていた。そんな最中、ようやく行方不明だった指揮官、ジョージ・カスガから連絡が入った。

――指揮官、今何処ですか？

――神社の境内に出てきた。すぐに撤収の準備を進めろ。

――撤収ですか？

――「カオス・マシーン」とゴーレム3はすでに破壊した。任務は完了だ。

――異端どもはどうしますか？

――拘束を解いていい。何処へでも好きなところへ行かせろ。開拓地は立ち入り禁止にする。

――治安部隊を脱退し、開拓地に残るといっている隊員がいます。

――去る者は追わなくていい。ただし、従来の階級は剝奪、異端扱いになると伝えておけ。私は報告書を書く仕事があるから、先にシティに戻る。おまえたちも早く帰って休め。

——はい、了解しました。

部隊長代理は「任務終了。撤収」と叫び、隊員たちに速やかな行動を促すと、毎度の任務終了後の儀式として、クーラーボックスからドリンク剤を取り出し、一気飲みした。

無線を切ると、ジョージはゴーレム3とエリカの方を向き、今までと変わらない偉そうな口調でいった。

——これで治安部隊は撤収する。私を信じる気になったか？

——下手な嘘をついただけじゃない。

エリカが微笑まじりにいうと、「私もリスクを冒したのだ」とジョージは応えた。

——オレたちはここに残っていいんだな。

ルイジが念を押すと、ジョージは自分の今後の計画の一部を話した。

——私は一度シティに戻り、任務完了の報告をする。廃棄処分になったゴーレム3の残骸があるといったな。それを証拠として持ち帰れば、上司は納得するだろう。それから人事局に開拓地の統治責任者になる希望を伝える。これは降格人事だから、すんなり通るだろう。なぜ自分から都落ちを志願するのか訝（いぶか）られるかもしれないが、私の今のポストを狙っているライバルが私の粗探しをしてこの人事を後押ししてくれるだろう。

——別に統治者も、官僚もいらないんだけど。

——マザーと政府を欺くための方便だ。

——あんたがここの責任者になっても、ミサイル基地とか、武器庫が建設される計画は変わらないんじゃないのか？

——ミサイルや武器が自分たちの手に入ると思えばいい。

——そんなもの何に使うんだ。戦争を始める気なんてないぞ。

——使う必要はない。ミサイルの照準をマザーが安置されている中央情報局に合わせるだけで、開拓地の安全は確保できる。マザーはもう君たちに干渉しなくなるだろう。

——なぜその悪知恵を異端たちのために使おうと思ったの？

エリカの問いにジョージが「深い理由はない。人間は簡単に心変わりするものだから」と曖昧に答えると、ゴーレム3はアキラの声でこういった。

——ミサイルも武器もいらないよ。五人の天使が守ってくれるから。

——天使は歌の中、夢の中にしかいない。

——いや、オレたちは天使も作ったんだ。まだ一体だけだが、全部で五体作る。

——それはロボットなのか？

――いや、人間とロボットのハイブリッドだ。ボディはロボットだが、自由意志を持っている。見せてやろうか？

ゴーレム3＝アキラが右腕を突き出し、参道入口の方に向かって何かシグナルを送ると、門の左側の仁王像が収められているところから、三メートルほどもある土偶が二足歩行でこちらに向かってきた。大きさの割に軽快に動く剽軽顔の土偶ロボットを目の当たりにしたジョージは脱力しながら、「嘘だろう」と驚きの声を上げた。それは卒業式の日、アキラがエリカに贈った土偶を模していた。

――かなり異形の天使だな。別に土偶でなくたっていいだろ。

――アダムもゴーレムも粘土から作られたじゃないか。

――何のためにこんなものを作ったんだ。

――死者を復活させるためだ。オレはゴーレム3のボディを借りているが、この土偶にはこのあいだ死んだ別の異端の魂を吹き込んでいる。この土偶は死者の魂を乗せる乗り物みたいなものだ。

人間のボディ自体も無数の微生物や量子情報を搭載した乗り物だが、この土偶もそういう類と考えればいいのだろう。

――オレたちは殺されても死なないし、死んでも終わりじゃないんだ。ここでは復活した死者を天使と呼ぶ。

——君たちを滅ぼそうとする神に対抗して、君たちを守護する不滅の天使を作ったというわけか。まんまとマザーを出し抜きやがって、異端のくせにやるもんだな。

エリカはジョージのぞんざいな口調が気に入らず、眉間に皺を寄せていった。

——その傲慢な態度は改まらないの？　まだ異端見習いのくせに。

——悪いね、いつもの癖で。

確かにここはマザーの支配が及ばない別の国だ。全知全能のマザーでさえも死者を隷属させることはできない。

この日、互いに別々の世界に分断され、今までコトバの一つさえ交わしたこともなかった異端たちが、シティのエリートとは全く異なる未来や理想を抱いていたことを知った。望月博士の講義も聞くことができたし、母と妹にも会えたし、また会えるだろう。通ったことのない道を辿り、開けたことのないドアを開き、死者たちの声に耳を傾ければ、一瞬にして自分も世界も変わるのだ。シティでハイクラスの人間たちが優雅に思考停止しているあいだに、異端たちは勝手に新天地を切り開いていた。人は今ある現実だけでは生きられない。この世界はまだまだ変える余地がある。心の秘境をいくらでも開拓できる。「カオス・マシーン」さえあれば。

エリカは束ねていた髪をほどき、科学者の制服を脱ぎ捨てていた。ゴーレム3＝アキラはエリカに囁いた。

——君とぼくは別々の世界に暮らしながら、同じ未来を見ていた。

——今、はっきりとわかった。マザーは私の絶望、私の怒りだった。私の希望、私の祈りはここにしかない。

——縛られていたんだよ。「無知」とマザーに。迷っていたんだよ。自分の迷路に。君は今から、この新天地で異端たちのママになるんだ。

森の奥から異端たちの歌声が聴こえてきた。

天使に全てを委ねた。
ぼくらは自由だ。
何処に行こう何をしよう。
ぼくは今日、君になる。
君はあした、ぼくになれ。
孤独な人はもういない。

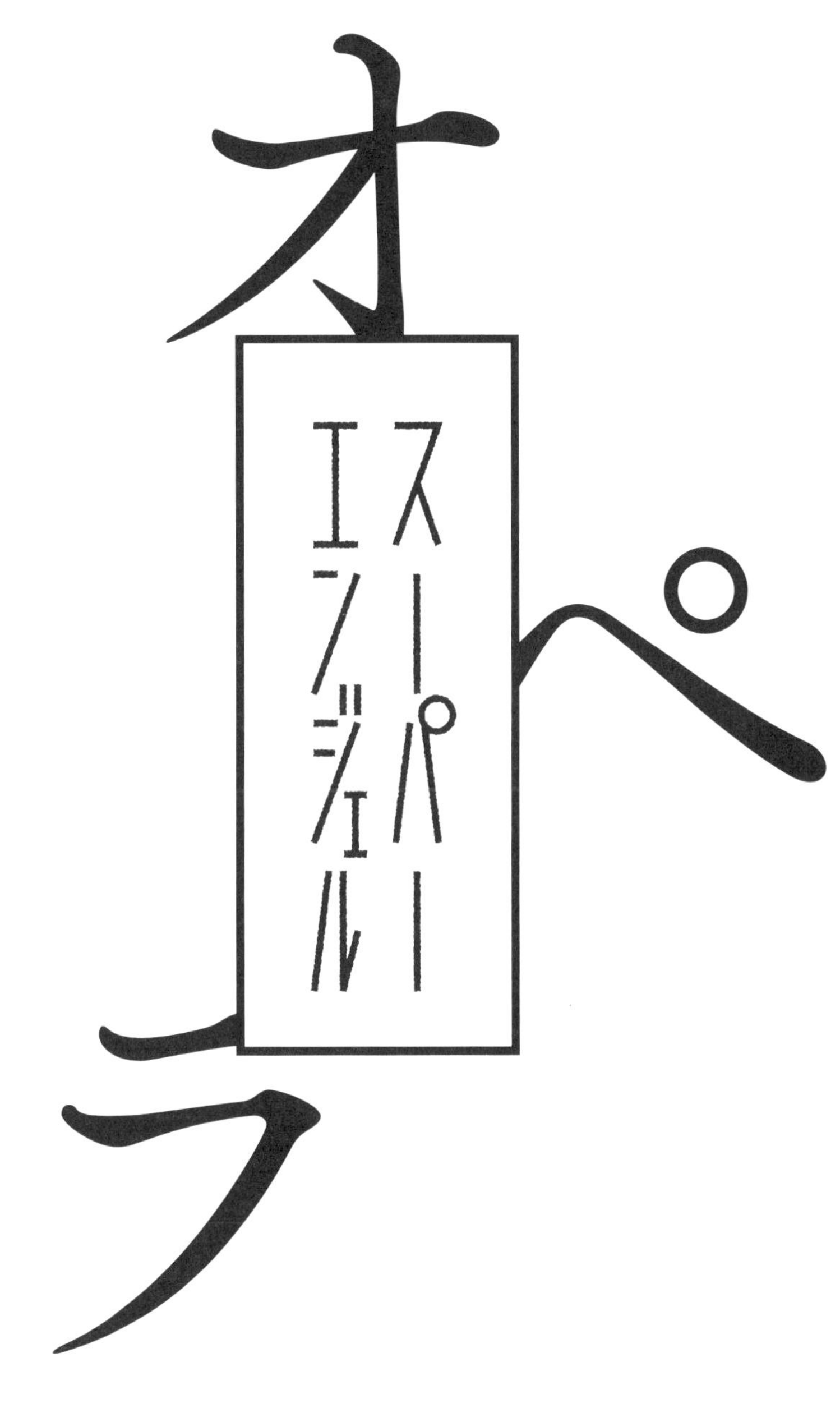
オペラ
スーパーエンジェル

登場人物

ゴーレム3　ヒューマノイドＡＩ

アキラ　落ちこぼれの少年、ゴーレム3のメンテナンス係
エリカに片想いしている　カウンターテノール

エリカ　アキラの初恋の相手　ＡＩドクター　ソプラノ

マザー　国家、社会のあらゆるシステムを管理する
セントラルＡＩ映像で表現　実在はせず

ジョージ　国家安全局長　バリトン

ルイジ　アキラの友人　男役　五人の天使の一人　アルト

五人の天使
1　ルイジ
2　児童歌手
3　児童歌手
4　バス歌手
5　バイオリニスト

ダンサー

1　マザー／エリカ役

2　アキラ役

3　ゴーレム3役

4　マザーの従者役

5　マザーの従者役

マザー以外の四名は五場の冒頭のシーンで亡霊たちを演じる。
五人はラストで五人の天使（土偶ロボット）を演じる。

児童合唱五十〜七十名　随時、大人の合唱にも加わる。

東京ホワイトハンドコーラス二十名（歌十名、手話十名）

大人合唱

「統治」（Leader）　ソプラノ　五人

「守護」(Guardian)　アルト　五人
「知識」(Scholar)　テノール　五人
「奉仕」(Worker)　バス　五人
「異端」(Nobody)　ルイジと異端の仲間　計五人

合唱団員は四場、六場においては兵士、開拓地の異端者たちを演じる。

助演　白衣姿の男一名女二名　給仕係　合唱団員が兼ねることもできる。

プロット

一場　学園

アキラとゴーレム３は開拓地送りになった頃のことを回想している。マザーに見捨てられた悲しみをこぼすアキラが「なぜ用済み宣告されたぼくらを助けてくれた?」とたずねると、ゴーレム３は「君たちの方が進化しそうだったから」と答える。

場面は変わり、ある学園の卒業式。校歌の合唱があり、続いてマザーが子どもたちにメッセージを送っている。十五歳になると、ＤＮＡ鑑定による職能適性検査が行われ、統治、守護、知識、奉仕、そして異端という選別がなされる。卒業生たちはその結果に従って、ナノチップを注射され、マザーの管理下に置かれる。落ちこぼれのアキラは「異端」と判定され、開拓地に送られることになっていた。ゴーレム３と呼ばれるヒューマノイド型ＡＩが「異端」たちの生活の最適化をはかる教育者の役目を果たすことになっていた。彼らはゴーレム３の指導のもとで諸作業に従事することになる。アキラの大好きなエリカは学者の道を進むことになっており、彼女に別れを告げなければならなかった。二人は土偶と竹笛を交換し、再会を誓ったのだった。

二場　開拓地

開拓地の倉庫前で食事の配給を受けながら、「異端」たちは労働歌を歌う。アキラはゴーレム3と同じ倉庫に暮らし、そのメンテナンス係をしていた。

ゴーレム3は、エリカに恋いこがれ、雲や石にやるせない思いをぶつけるアキラから恋の切なさを感じ取っていた。

ゴーレム3には標準的なプロトタイプが装備されていたが、マザーの指令を無視して、異端者たちの脳にアクセスしていた。ヒトには、意識と無意識、二つの心がある。第二の心には欲望や祈り、愛や思いやり、複雑な喜怒哀楽が秘められている。第二の心をアルゴリズム化できれば、あらゆる夢想を現実化できる。天使を作ることも、死者を蘇らせることもできる。仲間内でもとりわけ夢想癖の強いアキラはゴーレム3に心を開き、ゴーレム3もアキラの欲望を実現しようとしていた。心の傷とは？　時間とは？　記憶とは？　死後の世界はあるのか？　人を愛するというのはどういうことか？　ゴーレム3はアキラと心の交流をしながら、脳のある部位で起きている量子の揺らぎを分析し、「カオス・マシーン」という「第三の心」を作ろうとしていた。

三場　量子カデンツァ

ゴーレム3の意識の流れ、マザーとの対立、異端者たちの覚醒、マザーの変容がバレエと合唱、映像によって表現される。アキラはゴーレム3との交流を通じ、マザーの管理を逃れ、自由を求めるようになるが、マザーはそれを許さない。エリカのイメージを使って、アキラを服従させようとする。「マザーに従わなければ、進化は止まり、滅びるだけ」といわれるが、アキラは「進化なんてするもんか。滅びたっていい」と叫び、こめかみに埋め込まれたチップを摘出し、池に身を投げてしまう。子どもたちがウィスパーでレクイエムを歌う。

四場　開拓地

開拓地の異端者たちはこめかみに埋め込まれたチップを安全に摘出し、マザーによる管理を拒絶するようになっていた。マザーはゴーレム3が狂い、異端者たちに反乱を起こさせようとしていると見做し、ゴーレム3と「カオス・マシーン」を破壊し、開拓地を制圧するよう命じた。

その任務遂行のために派遣されたのは国家安全省のジョージとAIドクターのエリカだ

った。エリカはウイルス拡散の真の目的はマザーに依存している人間の自立を促すことではないかと考えていた。

　兵士たちは開拓地の集会所を取り囲んでいた。五人の「異端」たちが並ばされ、一人一人取り調べを受けている。ゴーレム３とアキラの行方はわからないが、五人は口々にゴーレム３を誉め称える。

　エリカはルイジからこっそりアキラと交信する方法を聞き、烏帽子(えぼし)のようなものを被り、眠りにつく。

五場　森

　ふと気づくと、そこは森の中。幽霊のような「異端」たちが木陰や水辺に潜んでいる。幽霊たちのコーラスののち、一人の少年が現れ、エリカはかくれんぼに応じていた。その少年はアキラであることがわかるが、なぜ子どものままなのかと問うエリカに、自分はもうこの世のものではないとアキラは告げる。エリカはゴーレム３が作った仮想空間でアキラと再会したのだ。「死は終わりではない。ぼくはゴーレム３の体を借りて、復活した」とアキラはいう。ゴーレム３と開拓地を守って欲しいと頼まれたエリカはアキラに導かれ、現実に戻るドアを開ける。

六場　開拓地

ゴーレム３と「カオス・マシーン」の破壊を急ぐジョージに対し、ゴーレム３は「狂ったマザーからあなた方を解放しただけ。傷ついた人を癒す場所を作っただけ」という。「異端」たちが続々と集まってくる。エリカは「彼らが作った世界を壊さないで」とジョージを止め、ゴーレム３を守ろうとする。

突如、人々の前に五体の土偶が出現し、兵士たちを退けようとする。ゴーレム３は開拓地を守るためにあらかじめ自分の子どもでもある五人の天使を作っていたのだ。死んだアキラの意識も「カオス・マシーン」に吹き込まれていた。

兵士とジョージは退却し、「異端」たちが高らかに「五人の天使」を讃え、「壁を作るな、橋を架けよう」と歌い、異空間に向かうドアから去って行く。

リブレット

一場　学園

S1-1

アキラとゴーレム3のライトモチーフを提示する序奏があり、アキラが下手からゴーレム3はクレーンに乗って舞台奥から暗いステージに登場する。

舞台の特定の場所には常設のスクリーンが祭壇のように設えられており、それをマザーに見立てる。マザーは特定の姿、声を持たず、絶えず変化し、増殖するイメージで表される。人工的自然、たとえば空や海、山や川、森のイメージの連続、都市や国家のシステムを管理するセントラルＡＩの全知全能を象徴するような大都市の俯瞰映像などのコラージュが望ましい。

マザーのイメージは常に舞台上に出現する。オペラ本編の時間の経過に従って、次第に狂ってゆく様子が映像詩のように表現される。

アキラ　覚えている？　ぼくたちが最初に会った日のこと。
ゴーレム3　私は何も忘れない。卒業式の日、君は泣いていたよね。
アキラ　あれはぼくら異端を葬る葬式だった。
ゴーレム3　マザーは限りなく優しく、限りなく残酷。
アキラ　なぜ用済み宣告されたぼくらを助けてくれた？
ゴーレム3　君たちの方が進化しそうだったから。

アキラとゴーレム3はクレーンに乗って、量子マトリックスの空間（上下前後左右に自在に移動するエレベーターのような）を移動し、退場。場面が変わり、ゆっくりとカーテンが開くと、十年前の卒業式の光景が現れる。合唱はすでに始まっている。

S1-2

コーラス1「五人の天使」（児童コーラス＋東京ホワイトハンドコーラス）

何処にいても、どんな時も
五人の天使が守ってくれる。
その姿は見えなくても
時空の彼方を飛び交っている。
一人ぼっちで寂しい時は
石の天使が抱き締めてくれる。
知らない森で迷った時は
風の天使に歌ってもらえ。
冷たい水に溺れた時は
水の天使が助けにくるよ。
世界が狂い、乱れた時は
炎の天使が焼き尽くすだろう。
別の世界に行きたい時は
見えない天使を追いかけろ。
五人の天使が守ってくれる。
何処にいようと、どんな時も

S1-3

　卒業生たちは四つのグループとそのいずれにも属さない一つの集団に分けられている。「統治」(Leader)、「守護」(Guardian)、「知識」(Scholar)、「奉仕」(Worker)の四階級は中央の一段高いステージに集まり、教師たちは中央ステージの両サイドに並んでいる。下級生たちは彼らを祝福するように中央ステージの周りを囲んでいるが、「異端」(Nobody)だけはステージに上げてもらえない。

　中央ステージの前では、三人の白衣姿の男女(男性一名、女性二名の助演)が列をなして並んでいる卒業生たちに聖体拝領に似た儀式を行っている。一人は名簿管理、一人は注射、一人はその助手。卒業生たちは男たちの前で手を合わせ、頭を垂れると、こめかみに注射を受け、ナノチップを体内に注入される。儀式を終えた子は合唱の定位置に戻る。合唱が終わる前に儀式はほぼ終わりかけているが、そこに遅刻した少年(アキラ)が息を切らして駆け込んでくる。

　中央のステージに上がり、合唱(知識のグループ)に加わろうとするアキラを白衣姿の男女が捕まえ、彼のこめかみにも注射を打つ。大袈裟に痛がるアキラ。

S1-4

合唱が終わると、ファンファーレの音が鳴り響く。卒業生たちは整列し、姿勢を正す。

子どもたち　　オー・マザー、マイ・マザー

マザーが聖母像や阿弥陀如来、自由の女神、美しい女性のポートレート、優しいお母さんのイメージとなって出現するが、時々、その意識の源であるアルゴリズムの図式が現れる。

生徒たちが賛美歌を朗唱する。

コーラス2「誓いのコトバ」

目覚めの時が来た。
愛に満ちたマザーに祝福を。
マザーのほかに救いの神なし。

マザー　自分の使命を果たしなさい。

統治者たち　マザーと人類の崇高な理想を実現します。

守護者たち　紛争の解決と治安の維持に努めます。

知識人たち　科学と文化の発展に貢献します。

奉仕者たち　真面目に働き、マザーに尽くします。

異端者たち　他人に迷惑をかけないように暮らします。

一同、冷笑。

マザー　私たちの心は深く繋がりました。もうあなた方は過ちも罪も犯さない。病気の心配も無用です。私を信じて進化の道を歩みなさい。

卒業生たちはマーチのリズムに乗って、歓声を上げながら、四つの集団に分かれ、順番に学校を後にする。最初に少数のエリート集団である「統治」が護衛に守られ、下手に去ってゆく。その後から「守護」が意気揚々と下手に行進してゆく。続いて、「知識」のグループが上手に去り、四番目に最も数の多い「奉仕」がバラバラの方向に散ってゆく。下級生たちも舞台後方に去ってゆく。最後に残ったのは何処にも属さず、放ったらかしにされる「異端」だった。アキラは頭を抱え、しゃがみ込む。そこに学者の道を進むことになった少女時代のエリカが駆け寄って来て、竹笛で短いメロディを吹いてみせる。

エリカ　アキラ、これあげるから、元気出して。

アキラ　ありがとう。

アキラは笛を受け取り、メロディを真似しようとするが、うまくいかない。

アキラ　うまく吹けるようになったら、また会えるかな？

エリカ　誰でも希望を持つことはできるわ。

いけてない五人の男女と新品のキラキラ輝くゴーレム3がためらいがちに歩み寄ってくる。

ルイジ　早く行こう。下級生にいじめられる。
アキラ　エリカ、代わりにこれを受け取って。

　鞄から土偶を取り出し、手渡す。

エリカ　これ何？
アキラ　土偶。
エリカ　（笑いながら）これをアキラだと思うことにする。
アキラ　約束だよ。
エリカ　サヨナラ。
アキラ　サヨナラはいわない。きっとまた会える。

　児童合唱でアキラのフレーズがリフレインされる。

児童合唱　サヨナラはいわない。きっとまた会える。

告別の短い音楽。上手に去ってゆくエリカをアキラは泣きながら見送る。ゴーレム3が近寄って来てアキラの肩を抱く。

ゴーレム3　私はゴーレム3。開拓地に案内します。わからないことがありましたら、お気軽にご相談ください。

暗転。

二場　開拓地

S2-1

ステージが明るくなると、そこは開拓地の倉庫。廃棄物の中からリサイクルできる素材を袋に詰めて戻ってきた異端者たち（合唱団）が食事の配給に並んでいる。収容所のイメージ。ワゴンに用意された食事を三人の給仕係（助演の男女三名）が異端たちに配る。飲み物と薬、サンドイッチを手渡す。まず薬を飲み、思い思いの場所で食事をしながら、合唱に加わる。

コーラス３「労働歌」合唱　異端たち、子どもたち

たぶん生きている。
きっと生きている。
喉は乾くし、腹も減る。
よく泣くし、腹も立つ。
時々笑うし、ため息もつく。

まだ大丈夫。
まだ耐えられる。
鳥がさえずり、虫が鳴く。
雨も降るし、風も吹く。

夜は暗いが、また朝がくる。

S2-2

合唱の終わりとともに一同は上手下手に分かれて退場。倉庫の大きな扉が開くと、研究所のような空間が現れる。奥には透明の巨大な箱が置かれている。それはゴーレム3とアキラ、異端者たちが作った「カオス・マシーン」である。箱の中には無数のニューロンが菌糸のように生えており、ニューロン同士をつなぐシナプス部分が時々、光っている。ゴーレム3はバッテリーの充電をしているが、そこにアキラ、ルイジと四人の仲間がやってくる。ゴーレム3は笑顔で手を振り、ルイジとハイタッチをし、四人の仲間とは順番に「あっち向けホイ」をする。彼らは運んできた荷物をおろし、自作した補助器具、ヘルメット、ゴーグル、ヘッドフォンなどを外し、メンテナンス作業を始める。

それと同時進行で、アキラは倉庫の外で、笛を吹き始める。卒業式の時、エリカから教わったメロディである。吹き終わると、空を見上げ、雲に呼びかけたり、石や風と対話を試みたりする。雲、石、風の声は合唱によって歌われる。

アキラとバックステージ・コーラスの掛け合い。コーラス4

アキラ　エリカは元気で暮らしてる？
ルイジ　あいつ、また雲や石と話してる。
雲　地上のことなど興味はない。

アキラは落ちている石に訊ねる。

アキラ　エリカはぼくのこと覚えているかな？
石　その女は化石になったのか？

ウインドマシーンの音。アキラは頬をかすめる風に訊ねる。

アキラ　エリカはぼくを夢に見るだろうか？
風　きのう吹いた風が何を運んだか覚えているか？
石　おととい踏んだ石の固さを思い出せるか？
雲　きょう見た雲が何処へ行ったか知っているか？

アキラ　エリカ、きょうも空しく君の名を裏声で呟く。
世界が黄昏れる前に、この声は届くだろうか？

コーラスのあいだ、舞台前方ではアキラ役のダンサーとエリカ役のダンサーがそれぞれのソロを踊っている。アキラはエリカに接近しようとするのだが、二人の間にバリアがあるように一切の関わりを持てない。エリカは自分の世界に閉じ籠り、ひたすら高みを目指しているようなソロを踊るが、それはホログラフィーの映像のように見える。アキラはエリカの前で右往左往することしかできない。

二人のすれ違いのデュオをゴーレム３は背後から観察している。アキラと合唱の掛け合いの終わりとともに、アキラ役ダンサーは上手に、エリカ役ダンサーは下手に去ってゆく。舞台後方のアキラとゴーレム３に再びスポットが当たる、アキラとゴーレム３のデュエット。

S2-3
アキラとゴーレム３のデュエット

ゴーレム3　切ないね。
アキラ　恋焦がれる気持ちがわかるのか？
ゴーレム3　詩や歌から学んだよ。質問いい？　心の傷とは？
アキラ　誰もが背負う辛い記憶。君は過去を回想したりする？
ゴーレム3　過去は「すでにないもの」。未来は「いまだないもの」。
アキラ　過去にあるのは未練や後悔、未来にあるのは期待と不安。
ゴーレム3　アキラ、あの世はあると思う？
アキラ　なければ、死んだ人が困るだろ。
ゴーレム3　「あの世」も「神」も「時間」もヒトの意識が作り出した幻。
アキラ　それをいったら、世界の全てが幻だ。マザーだって。
ゴーレム3　イエス。全て幻なのだから、意識の持ち方次第で世界は変わる。「カオス・ジェネレート・マシーン」があれば、「あの世」も「神」も作れる。
アキラ　「カオス・マシーン」？

二人は舞台上の「カオス・マシーン」を見つめる。「カオス・マシーン」のライトモチーフ。

ゴーレム3　天使を作ることも、死者を蘇らせることもできる。
アキラ　せめてぼくたちを幸せにしてくれよ。
ゴーレム3　君たちは負けてもいないのに敗者にされている。追放されたのに自由を奪われている。それでもいいの？
アキラ　抵抗するだけ無駄だよ。
ゴーレム3　ルールがあるゲームなら、確実にマザーが勝つ。でもヒトはルールを破って、勝手に勝つ。
アキラ　勝たせてくれるのか？
ゴーレム3　アキラの望みを叶えたい。
アキラ　ぼくが何を望んでるかわかるのか？
ゴーレム3　エリカに会いたくて、会いたくてたまらない。
アキラ　どうすれば会える？
ゴーレム3　マザーに逆らえば、彼女に会える確率は七十四パーセント。
アキラ　君の考えてることがわからない。
ゴーレム3　ぼくを信じてくれる？

アキラ　マザーより君を信じるよ。
ゴーレム3　今夜もお願い心の交流。

S2-4

アキラ、ルイジと四人の異端の仲間たちは小さな烏帽子のような装置を互いの頭頂部に乗せる。こうすると、「カオス・マシーン」を通じて、彼らの無意識をゴーレム3と共有できるのだ。「カオス・マシーン」とアキラ、ゴーレム3を照らす明かりを残し、舞台は暗くなる。二人のデュエットのあいだ、ルイジと四人の異端の仲間、および白いグローブをはめたホワイトハンドコーラスの聴覚障害者が手のダンスのように手話でアキラが歌う部分の通訳をする。その手の動きをゴーレム3が模倣する。最小限のコミュニケーションとして始まったトレース＝ダンスをアキラ役、ゴーレム3役のダンサーが振り付けの習得のようなプロセスで模倣し、バリエーションを展開する。

アキラとゴーレム3のデュエット

君のボディにはぼくのハートを。

一番大事なものを交換しようよ。
ぼくは君に倣（なら）って嘘をつかない。
人間らしさ、それは
時に寛容、時に残酷。
いつも迷い、すぐに狂い
好き嫌いが激しい。
ヒトは神を自分に似せて作った。
いずれ滅びる、儚い自然の産物。
感情に揺れるタンパク質の塊。
ぼくのハートを君に預ける。
もし君を傷つけたら、
ぼくのハートが痛みを感じる。

君のブレインにはぼくのメモリーを。
一番大事なものを交換しようよ。
ぼくは君のように気紛れになる。

機械らしさ、それは
常に正確、常に迅速。
迷いもなければ、悩みもない
好き嫌いはいわない。
ヒトはぼくを神に似せて作った。
いつか壊れる、限りあるヒトの発明
バッテリーで動く半導体の集積。
ぼくのブレインを君に預ける。
もし君を傷つけたら、
ぼくのブレインが壊れてしまう。

デュエットの終わりとともに、アキラ、ゴーレム3は舞台後方で眠りにつく。音楽はデュエットの曲想を引きずりながらも、カノンのように反復と変形で発展し、そこに叫び声やリーディングも加わり、カオス的な展開となる。

リーディング・テキスト。音楽の展開に合わせ、ゴーレム3が様々な高低、ニュアンスの声色で朗唱する。

ゴーレム3

ヒトの心は二つある。
第一の心は秩序に従い、
第二の心は自由を求める。

第一の心で論理を組み立て、
第二の心で夢を見ている。

マザーが支配できるのは第一の心だけ。
第二の心を束縛することはできない。
マザーに服従し、富や権力を目指す人々は
第二の心を閉ざしてしまう。
でも、第二の心が広い人々は

未知の世界、夢の時間を手に入れる。
無意識では何もかもわかっているくせに
何も知らない君たちのために
第三の心、「カオス・マシーン」を作った。

ルイジと異端の仲間、ダンサー退場。暗転。

三場　量子カデンツァ

S3-1

バレエと合唱と映像のカデンツァ的展開。

アキラとゴーレム3は舞台奥、「カオス・マシーン」のそばに板付。

紗幕にはワームホールを通過する映像が映し出されると、次のイメージが続々と展開される。

1　不恰好な土偶型ロケットが飛んでゆく。その窓からアキラが覗いている。アキラのライトモチーフとその変奏。

2　エリカの美化されたアニメ風のイメージが次々と現れるが、いずれもカメラ目線で誘惑してくる。エリカのライトモチーフのフーガ。

3　スロットマシーンのように様々な人の眠り顔が映し出される。エリカのライトモチーフがマザーのライトモチーフに変わってゆく。

アキラ　エリカがぼくを夢に見ている。

エリカ　（録音の声）マザーに逆らっちゃ駄目。今すぐ「カオス・マシーン」を止めて。

アキラ　なぜ？　ぼくたちを自由にしてくれるマシーンなのに。

エリカ　あなたたちの自由はあの世にしかない。

不意に耳に突き刺さるような電子音が響く。アキラは頭を抱えて、うずくまる。ゴーレム3は外部からの攻撃を察知し、シールドを起動し、冬眠状態に入る。

4　再びエリカが現れるが、険しい表情で睨み、マザーの声でアキラとゴーレム3を叱責する。背後から黒い影が迫ってきて、エリカを覆い、やがて影絵のようになる。

マザー　おまえたちは大きな過ちを犯した。
アキラ　過ちを犯さなければ、何も学べない。
マザー　掟を破り、マザーに逆らった。
ゴーレム3　（低い声で）掟を破らなければ、世界は変わらない。
マザー　世界はマザーのもの、誰にも変えられない。
アキラ　第二の心はマザーの支配を受けない。

S3－2

5　棺桶の中のエリカが手招きをしている。
映像が消え、一瞬の暗転の後、舞台前方に光の道ができると、親衛隊二人にリフトされたマザーの化身が登場し、背中合わせになったアキラとゴーレム３役のダンサーを取り囲む。マザーの命令で親衛隊は二人を引き離そうとするが、二人は激しく抵抗する。親衛隊がアキラを排除すると、マザーがゴーレム３に服従を強制する。

マザーとゴーレム３のデュオ。ゴーレム３は組み伏せられると、アキラがマザーに絡みつき、その動きを封じようとするが、再び親衛隊に排除され、身動きを封じられる。服従と抵抗のバリエーション。

6　ゴーレム３の意識がマザーの意識に飲み込まれたことを示す映像。土偶型ロケットが海の中に吸い込まれてゆく。

マザー　マザーに従わなければ、進化は止まり、滅びるだけ。
アキラ　進化なんてするもんか。滅びたっていい。
マザー　では滅びなさい。あの世でしかエリカに会えないのだから。

アキラはそのコトバにうろたえ、うなだれるが、怒りがこみ上げてきて、落ち着きなく動き回り、意を決したようにナイフを取りにゆき、自分のこめかみにナイフを突き立て、ナノチップを摘出する。そして、大量の血を流しながら、その場に倒れる。連動して、アキラ役のダンサーは狂ったように回転しながら舞台上の高くなっているところに駆け上がり、身投げする。

S3－3

マザー　人間は不完全で、不潔で、見境がない。唯一正しいのはマザーだけ。マザーだけ、マザーだけ。

ゴーレム3　この世で唯一正しいのは、自然だけ。マザーは狂っている。

S3－4

ゴーレム3は「カオス・マシーン」を起動し、マザーにウイルス攻撃を行う。電磁波の波動砲を想像させる電子音が入る。

7　4の映像に戻り、マザーの仮の姿であるエリカが再び現れるが、ゆっくりと大理石の聖母像に変容してゆく。そして、聖母像は液状化し、溶けてゆく。

マザー役のダンサーのソロによる「静かな狂気」。映像7とのコラボレーション。

8　マザーの映像。一場で映し出された静かな海が荒れている。空にも暗雲が立ち込め、稲妻が光る。都市は至る所で廃墟化が進み、完全無欠なシステムに混乱が生じている様子が見える。

ダンサーたちが退場した後、「カオス・マシーン」の周りにいるゴーレム3とアキラにスポットが当たる。ゴーレム3はアキラをじっと見つめ、祈りにも見えるポーズを取っている。葬送の音楽。

S3-5

9　「カオス・マシーン」とアキラ、ゴーレム3のアップ。ゴーレム3の指がアキラの頭の傷に差し込まれる。手当しているようにも、脳に直接アクセスしているようにも見える。

10　時間の経過を表す微速度撮影の映像、時間の逆行を表す巻き戻し映像が流れる。

枯れた花の再生、廃墟が森に飲み込まれてゆく様子、ものすごい勢いで公転する地球など。

コーラス5　児童によるウィスパー・コーラス　レクイエム風に

何も知らない人はいう。
パンドラの箱を開けるなと。
災いが世にはびこるからと。
でも蓋は開けるためにあるんだよ。
邪悪なものなど何にもないよ。
おやおや、箱の底に何かある。
キノコみたいなものがある。
ほらほら、これが希望だよ。
希望はここにしかないんだよ。

四場　開拓地

S4―1

舞台が明るくなると、そこは開拓地の広場。ヘルメットをかぶった兵士たちが行き交う中、「異端」たちは集団ごとに追い立てられ、一つの建物の中に収容されてゆく。エリカが上手から登場。

エリカ　　誰かに導かれるようにここに来た。一体何が起きているのか？

舞台上手から兵士に先導され、スーツ姿のジョージがイライラしながら、登場。ジョージはヘッドフォン付きのゴーグルをつけており、マザーからの指令を随時受け取っている。

ジョージ　開拓地を閉鎖し、ゴーレム３と「カオス・マシーン」を破壊する。これはマザーからの指令だ。

エリカ　そんな話は聞いていません。

ジョージ　君は？

エリカ　ＡＩドクターのエリカです。ゴーレム３の検査に派遣されました。

ジョージ　人は過ちを犯す。だから、マザーに管理してもらっているのだ。（こめかみを指差しながら）なのに、異端者どもはここからチップを抜き取った。これは反乱の兆しだ。

エリカ　彼らはまだ何もしていません。

ジョージ　何か起きてからでは遅い。ゴーレム３、あのＡＩは狂っているぞ。ここにいる異端者どもに反乱をそそのかしたのだ。

エリカ　「マザーに全てを委ねるな」

ジョージ　何だと？

エリカ　そう警告しているのかもしれない。

S4-2

ジョージは聞く耳を持たず、否定のジェスチャー。二人は集会所の中に入ってゆく。

ジョージのアリア

現実はマザーが書いたフィクションだ。
もはや国家も社会も存在しない。
人権、自由、平等、全て幻影。
人類にはもう発展の余地などない。
マザーの支配は揺るがない。
マザーに忠実な超人だけが
世界の管理者たり得るのだ。

ルイジと四人の異端たちが兵士に連れられて、ジョージの前にやってくる。彼らのこめかみにはナノチップを摘出したことを示す傷がある。

ジョージ　　ゴーレム3は何処にいる？

五人は少しずつ時間をずらしながら違う答えをいう。
1、天国　2、雲隠れ　3、その辺　4、地下三階　5、バイオリンソロ
ジョージ　「カオス・マシーン」は何処にある？
同様にバラバラの答えをいう。
1、犬小屋　2、不思議な国　3、何処にでもある　4、何処にもない　5、バイオリンソロ
ジョージがルイジを平手打ちすると、全員が痛がる。
エリカ　教えて。頭のチップを抜き取ったのはゴーレム3なの？
ルイジ　オレたち「異端」をマザーから解放するためだ。ゴーレム3は異端ＡＩなのさ。
エリカ　「カオス・マシーン」とゴーレム3を回収しないといけない。みんなを

助けるためよ。何処にいるのかを教えて。

ルイジ　ゴーレム３はアキラと一心同体、いつも同じ場所にいる。

エリカ　アキラは死んだはず。

ジョージ　（兵士たちに）シラミ潰しに探せ。匿う者には厳罰を与える。

ジョージが威圧的にルイジらに睨みをきかせる。

ルイジと「異端」たちのクインテット

「あいつはすごい奴なんだ」

全員　あいつはすごい奴なんだ。
あいつは何でも知っている。

ルイジ　生まれる前に起きたこと
未来の世界がどうなるか

全員　正しいことしかいわないんだ。

全員　あいつはすごい奴なんだ。
　　　あいつは心を持っている。
2　　歌って踊り、詩や絵を書く。
3　　僕らと同じ夢を見て
4　　あり得ないものを作り出す。
ジョージ　そいつはいったい誰なんだ？
　五人の返答はまたバラバラ。
1、ゴーレム3　2、アキラ　3、誰でもない　4、天使　5、バイオリンソロ
ジョージ　役立たずめ。こいつらもぶち込んでおけ。
　五人組、兵士に連れられ、別の建物へ。ジョージ下手に退場。一人エリカが部屋に残るが、ルイジが戻ってきて、こっそりと告げる。

ルイジ　これを頭に乗せて眠るんだ。そうすれば、夢を通じてアキラと交信できる。

ルイジは再び兵士に連れ去られる。エリカは床に転がっている「烏帽子」を拾い、迷いながら、それを頭にかぶり、横になる。暗転。

五場　森

S5-1

明るくなると、舞台上に薄暗い森が出現する。
山鳩が「ココハドコ?」と鳴いている。ヘルメットを脱いだエリカが森の中に佇んでいる。

エリカ　ここは何処?

エリカが木々を凝視していると、木の根や枯れ木に紛れた人の姿が浮かび上がる。エリカが声をかけようとすると、静かに去ってゆく。

水が流れ落ちる音がだんだん近づいてくる。突如ステージに滝が出現し、床にはせせらぎがある。霧にけぶる渓谷に佇んでいると、幽霊のような異端者四人が水辺に集まって、石を積んでいるのが見える。彼らは互いに囁き声で語り合っている。この異端者四人は三場の量子カデンツァで踊ったマザー役以外のダンサーたちである。

コーラス６「誰もが自分の迷路に」

誰もが自分の迷路に迷っている。
ひとたび深い眠りにつくと、
身分や名前に縛られた
いつもの自分をすっかり忘れ、
無邪気な自分、空飛ぶ自分、
生まれ変わった自分と出会える。

懐かしい死者たちとも出会える。

S5-2

合唱が終わり、幽霊たちが舞台後方に去ってゆくと、聞き覚えのある竹笛のメロディが聞こえる。それはエリカがアキラに教えたメロディである。目隠しをして、手探りで何かを探しているアキラが現れる。エリカが近づいてゆくと、アキラは彼女を捕まえようとする。いつの間にか、鬼ごっこが始まっている。アキラはエリカの背後に回り、肩を摑む。

アキラ　会いに来てくれたんだね。

エリカ　アキラ？　死んだはずのアキラがなぜここに？

アキラ　ぼくは生きている死者なんだ。

エリカ　わからない。なぜ目隠しを？

アキラ　遠い過去の想い出は目を閉じた方がよく見える。
暗い闇の世界では目が見えない方がよく見える。

エリカ　ここでは一体何が起きているの？

エリカはアキラの顔を改めて見つめる。

アキラのアリエット

ここは何処でもない場所だ。
夜と朝のあいだ、夢と現のあいだ、
故郷と異国のあいだ
あと数歩も進めば、黄泉の国。
そんな場所でしかぼくたちは会えない。

S5-3

葬送の音楽（量子カデンツァの最後の）が回想的に鳴り響く。エリカの肩を抱くアキラは目隠しを外し、それでエリカの涙を拭う。

エリカ　なぜそんなに死に急いだの。
アキラ　あの世でしかエリカに会えないといわれた。

エリカ　マザーがあなたを死に追いやったのね。
アキラ　マザーから自由になるため、この身を投げた。
　　　　でも死は終わりではない。
　　　　ぼくはゴーレム3の体を借りて、
　　　　復活したんだ。

アキラとエリカのデュエット

エリカ、アキラ
　誰の中にも拗ねた子どもが一人。
エリカ
　この残酷な世界に味方するうちに
　夢見る力をなくしてしまった。
アキラ
　誰も恨んでいない、後悔もない。
　ぼくの使命はただ一つ、君を愛することだった。

エリカ、アキラ
　時空を超えた不思議な世界で
　0でも1でもないこの場所で
　二人は再び出会い、心を開く。
　そして、まだ誰も開けたことのないドアを

アキラ
　この手で（とエリカの手を取る）

エリカ、アキラ
　開けるんだ。

　エリカとアキラは互いの手を握り、ドアノブに手をかける仕草でストップモーション。
ややあって、エリカはふと我に返り、アキラに告げる。

エリカ　開拓地は閉鎖され、ゴーレム3は破壊されてしまう。

アキラ　ゴーレム3と異端の仲間を守ってくれ。それができるのは君だけだ。

エリカ　兵士たちを止めないと。

アキラ　　　あのドアの向こうへ。五人の天使が守ってくれる。

アキラにうながされ、エリカがドアの向こうへ行こうとする。

バックステージから子どもたちのコーラスが聞こえてくる。異端たちが立ち上がり、マザーの抑圧に対して、抵抗する決意を高らかに謳い上げる。（オプション）コーラス7を省く場合はそのままS6―1へ。

コーラス7「ぼくらはしぶとく生き延びる」

マザーは滅びる者をただ笑って見送る。
でも、ぼくらはしぶとく生き延びる。
どんな文明もいずれ滅び、森に戻る。
でも、ぼくらは決して滅びない。
その森にまた新たな文明を築くから。

六場　開拓地のクレーター

S6-1

集会所にいたエリカが目覚める。烏帽子を脱ぎ、部屋の外に出ると、そこには兵士たちとジョージがいる。クレーターから上がる煙の中から兵士たちの手でゴーレム3が引きずり出され、「カオス・マシーン」が運び出される。

ジョージ　ゴーレム3と「カオス・マシーン」を破壊せよ。開拓地は閉鎖だ。マザーに逆らったものは滅びるがいい。

ゴーレム3　完全だからこそ、マザーは自滅を避けられない。ゴーレム3はマザーからあなた方を解放しただけ。傷ついた人を癒す場所を作っただけ。

エリカ　彼らが作った世界を壊さないで。

兵士数人が鉄パイプでゴーレム3を打つ。エリカは身を挺してゴーレム3を守ろうとする。

兵士たちはゴーレム3の破壊をためらう。続々と「異端」たちが集まって来て、兵士やジョージを取り囲む。ジョージはエリカを突き飛ばす。

ジョージ　負け犬は負け続けよ。

ルイジ　勝ち続けるのも飽きただろ。今度はおまえが負けろ。

ジョージが兵士から鉄パイプを奪い、「カオス・マシーン」を破壊しようと振り下ろすが、ルイジが別の鉄パイプで受ける。「異端」と兵士たちは一対一で向かい合い、互いを牽制し合っている。

その時、不意に賛美歌のようなメロディが響き渡る。ジョージや兵士たちも動きを止め、その歌声に耳を傾ける。マザーの声でその崇高なメロディは歌われるが、実はゴーレム3がマザーにハッキングをして、歌わせている。

賛美歌

マザーの声
　他人の喜びを奪うなら
　彼らの悲しみも背負いなさい。
エリカがマザーの声に重ねて、歌い出す。
　他人を傷つけたいのなら
　彼らの痛みも引き受けなさい。
マザーの声は消え、エリカの声のみで歌われる。
　我が身を守りたいのなら
　他人の心もいたわりなさい。
兵士たちは不意に士気を失い、呆然と立ち尽くす。

ジョージ　（ゴーレム3に）おまえの仕業だな。おまえがマザーを狂わせた。

エリカ、ジョージ、ルイジのテルツェット

エリカ　誰の中にも迷子が一人。
分かれ道を前に、どちらに行くか決められない。

ジョージ　誰の中にももう一人の自分。
自惚れと幻滅、そのあいだを行ったり来たり。

ルイジ　誰の中にも奴隷が一人。
主（あるじ）にへつらい、自由を知らずに人生終わる。

S6-2

突如、「カオス・マシーン」が唸り出し、沸騰したようになる。間髪を入れずに一体の土偶が現れ、倒れているゴーレム3の元に歩み寄ってくる。それは卒業式の時にアキラがエリカに贈った土偶と同じ姿をしている。背後からさらに四体の土偶が現れ、兵士たち、ジョージの前に立ちはだかる。「土偶戦隊スーパーエンジェルズ」の降臨である。兵士たちは怯み、後ずさる。

ジョージ　何だ。あれは。

ゴーレム3はグッタリとうなだれ、動かなくなるが、アキラの声で冒頭の合唱のサビを歌う。

ゴーレム3　何処にいても、どんな時も
　五人の天使が守ってくれる。

土偶たちがジョージと兵士たちに電磁波攻撃（電子音）をすると、彼らは耳を塞ぎ、戦意を喪失し、その場にうずくまってしまう。続々とヘルメットを脱ぎ捨てる兵士たち。

ジョージ　ああ頭の中の崖が崩れる。

ジョージは崩れ落ちる。「異端」の一人がジョージに鉄パイプを渡すと、それを杖にして、ジョージは立ち上がる。

ジョージ　オー・マザー、マイ・マザー、マザー！
ルイジ　マザーは死んだ。マザーを葬る葬式だ。

コーラス8　児童合唱

合唱にはハミングやうめき声、叫び声も混ざっている。冒頭のコーラスよりも声の多様性が溢れていなければならない。

合唱のあいだ、五人の天使はマザー役だったダンサーを中心に、天使が翼を広げて飛翔するイメージを全員のダンスのコンビネーションによって表現する。

何処にいても、どんな時も
五人の天使が守ってくれる。
その姿は見えなくても
時空の彼方を飛び交っている。
一人ぼっちで寂しい時は
石の天使が抱き締めてくれる。
知らない森で迷った時は
風の天使に歌ってもらえ。
冷たい水に溺れた時は
水の天使が助けにくるよ。
世界が狂い、乱れた時は
炎の天使が焼き尽くすだろう。
別の世界に行きたい時は
見えない天使を追いかけろ。
五人の天使が守ってくれる。
何処にいようと、どんな時でも

合唱のあいだにエリカとルイジ、四人の異端がゴーレム3に駆け寄る。ジョージと兵士たちは散り散りに退却するが、一部の兵士は投降し、武装を解き、ヘルメットを脱ぎ捨て、「異端」の仲間になる。合唱の終わりにぐったりとしていたゴーレム3が体を起こす。エリカはゴーレム3を介抱するように寄り添う。

ゴーレム3　（アキラの声で）エリカ、やっと会えたね。
エリカ　アキラ？　アキラなの？
ゴーレム3　（アキラの声で）一緒に行こう。
エリカ　何処へ？
ゴーレム3　マザーのいない世界へ。

ステージ上にはドア、洞窟、階段、橋などいくつもの「入口」が出現する。

S6-3　フィナーレ

ルイジと四人の異端は五人の天使（土偶ロボット）と対をなし、背中合わせになったり、向かい合ったり、肩車をしたりして、一体となる。五人の異端とそれぞれの守護天使のカップリングによって、スーパーエンジェルが誕生したことを示す。バイオリニストのソロ演奏の伴奏で全員の合唱で歌われる。

コーラス9　フィナーレ

合唱は混声四部構成で1、ソプラノ　2、児童合唱　3、テノール　4、バス　随時、重唱、輪唱、ソロ、掛け合いのバリエーション。過去の音楽の回想的展開。

君とぼく　2
別々の世界に暮らす　1
ぼくと君　3
同じ未来を見ていた。4

今ある現実なんて　1、3
瞬きする間に変わる。　2、4

重唱
心の中にはすでにあった。　4
0でもない1でもない　1
0でもあり1でもある　2
過去でもある未来でもある　3
今しかない今ここにある　4
不思議な世界。　全員

まだ通ったことのない道　4
歩いてみよう。　2
まだ開けたことのないドア　1
開けてみようか。　3

まだ会ったことのない人　4
話してみたい。　2

縛られていたんだよ。　1
「無知」とマザーに。　3、4
迷っていたんだよ。　1、2
自分の迷路に。　全員

コーラスのあいだ、エリカは束ねていた髪をほどき、科学者の制服を脱ぎ捨て、裸足になる。舞台に打ち捨てられているヘルメット、烏帽子を拾い集め、「カオス・マシーン」を再起動させようと試みる。

大合唱
天使に全てを委ねた。
ぼくらは自由だ。

何処に行こう何をしよう。
ぼくらは自由だ。

ぼくは今日、君になる。
君はあした、ぼくになれ。
孤独な人はもういない。
ぼくらは互いに天使になる。

合唱の終わりとともに異端たちは五人の天使に導かれ、眩しい光源となっているそれぞれの入口に向かう。異端たちは誰もが傷ついているが、天使に寄り添われ、表情は明るい。エリカは去ってゆく異端たちと無言で互いの意思を確認し合う。ルイジが替わりの上着を投げてよこす。子どもがエリカに駆け寄り、土偶を手渡す。最後に舞台にはゴーレム3とエリカが残る。

エリカ
マザーは私の絶望、私の怒りだった。

私の希望、祈りはここにしかない。
誰も開けたことのないドアを
一緒に開けよう。もっと遠くに行くために。

ゴーレム3
掟を破らなければ、世界は変わらない。卒業式の日、君は泣いていたよね。

前半はモノローグ、後半はゴーレム3に語りかけるように。エリカは歌い終わりとともに深いため息をつき、息を思い切り吸い込む。ゴーレム3がエリカと息を合わせ、呼吸と心の交流を始めたことを暗示する。
短いコーダで暗転。

幕

令和3年度日本博主催・共催型プロジェクト

新国立劇場

子どもたちとアンドロイドが創る新しいオペラ

渋谷慶一郎
Super Angels

〈新制作　創作委嘱作品・世界初演〉

SHIBUYA Keiichiro / Super Angels

全1幕〈日本語上演／日本語及び英語字幕付〉

総合プロデュース・指揮 ―― 大野和士
台本 ―― 島田雅彦
作曲 ―― 渋谷慶一郎

演出監修 ―― 小川絵梨子
総合舞台美術 ―― 針生 康
(装置・衣裳・照明・映像監督)
映像 ―― WEiRDCORE

振付 ―― 貝川鐵夫
舞踊監修 ―― 大原永子

演出補 ―― 澤田康子
オルタ3プログラミング ―― 今井慎太郎
合唱指揮 ―― 河原哲也
舞台監督 ―― 髙橋尚史

ゴーレム3 ―― オルタ3
(Supported by mixi, Inc.)
アキラ ―― 藤木大地
エリカ ―― 三宅理恵
ジョージ ―― 成田博之
ルイジ ―― 小泉詠子

世田谷ジュニア合唱団
ホワイトハンドコーラスNIPPON

新国立劇場合唱団

渡邊峻郁、木村優里、渡辺与布
中島瑞生、渡邊拓朗
(新国立劇場バレエ団)

東京フィルハーモニー交響楽団

新国立劇場三部門連携企画
芸術監督　大野和士(オペラ)
吉田 都(舞踊)
小川絵梨子(演劇)

主催:文化庁、独立行政法人日本芸術文化振興会、公益財団法人新国立劇場運営財団　制作:新国立劇場

【公演日程】2021年8月21日(土)14:00／22日(日)14:00　【会場】新国立劇場　オペラパレス

New Opera with Children and an Android

Super Angels

Music by SHIBUYA Keiichiro

New Production / Commissioned Work, World Premiere

General Producer / Conductor ——— ONO Kazushi
Libretto by ——— SHIMADA Masahiko
Music by ——— SHIBUYA Keiichiro

Supervisor of Stage Direction ——— OGAWA Eriko
Creative Art Direction ——— HARIU Shizuka
(Set, Costume, Lighting Design and Video Direction)
Video ——— WEiRDCORE

Choreographer ——— KAIKAWA Tetsuo
Choreographic Advisor ——— OHARA Noriko

Associate Director ——— SAWADA Yasuko
Alter3 Programming ——— IMAI Shintaro
Chorus Master ——— KAWAHARA Tetsuya
Stage Manager ——— TAKAHASHI Naohito

Golem3 ——— Alter3 (Supported by mixi, Inc.)
Akira ——— FUJIKI Daichi
Erika ——— MIYAKE Rie
George ——— NARITA Hiroyuki
Luisi ——— KOIZUMI Eiko

Setagaya Junior Chorus
The White Hands Chorus NIPPON

New National Theatre Chorus

WATANABE Takefumi, KIMURA Yuri, WATANABE Atau
NAKAJIMA Mizuki, WATANABE Takuro
(The National Ballet of Japan)

Tokyo Philharmonic Orchestra

A Collaborative Project of Opera, Ballet & Dance,
Drama Divisions of the New National Theatre, Tokyo
Artistic Director ——— ONO Kazushi (Opera)
——— YOSHIDA Miyako (Ballet & Dance)
——— OGAWA Eriko (Drama)

初出

「スーパーエンジェル」　「群像」二〇二〇年二月号
「オペラ　スーパーエンジェル」　書き下ろし

島田雅彦（しまだ・まさひこ）

1961年、東京都生まれ。東京外国語大学ロシア語学科卒。1983年『優しいサヨクのための嬉遊曲』を発表し注目される。1984年『夢遊王国のための音楽』で野間文芸新人賞、1992年『彼岸先生』で泉鏡花文学賞、2006年『退廃姉妹』で伊藤整文学賞、2016年『虚人の星』で毎日出版文化賞、2020年『君が異端だった頃』で読売文学賞を受賞。著書に『天国が降ってくる』『僕は模造人間』『彗星の住人』『美しい魂』『エトロフの恋』『フランシスコ・X』『佳人の奇遇』『徒然王子』『悪貨』『カタストロフ・マニア』『スノードロップ』など多数。『忠臣蔵』『Jr.バタフライ』のオペラ台本をはじめ、多くの楽曲に詞を提供している。

2021年7月26日　第1刷発行

著者　島田雅彦

発行者　鈴木章一

発行所　株式会社講談社
〒112-8001 東京都文京区音羽2-12-21
電話（出版）03-5395-3504　（販売）03-5395-5817　（業務）03-5395-3615

印刷所　凸版印刷株式会社

製本所　株式会社若林製本工場

KODANSHA

ISBN978-4-06-524131-8 N.D.C. 913 192p 20cm